少年一推理事件簿 6

科學怪探的祕密・下

作者／翁裕庭
繪者／步烏&米巡

這是祕密！魔術師絕不會跟觀眾透露戲法怎麼變！

如果家中有對科學領域感到興趣的孩子，這系列作品可以輕易滿足他對知識的探索，同時在無形中累積科學素養、閱讀素養。如果孩子對於體制內的科學學習感到困難，這系列以懸疑推理作為書寫主調的小說，將以故事帶領孩子進入科學的殿堂，讓他在緊湊又懸疑的節奏中，得到適合的知識。

——**陳品皓** 米露谷心理治療所策略長

故事雖然以小學生「黃宗一」為主角，但故事中每一個角色在破案過程中，都扮演了重要的角色，甚至暗示了「每個人都有其天賦」這樣的想法。另外有趣的是，作者不只將書中小學生的個性描繪得很到位，大量的對話中也藏有不少流行梗，讀者在閱讀時，常有眼睛一亮的感覺。

——**傅宓慧** 桃園龍星國小圖書館閱讀推動教師

科學無所不在，透過科學可以看穿很多事情。不論你是想領略科學之美，還是想從故事中了解科學新知，或是家長們期待培養小朋友的科學素養，都可以透過本系列書籍精心安排的劇情，隨著主角們一同體驗每個事件，讓自己被科學之美深深吸引。真心推薦本書。

——**蕭俊傑** 科學X博士、科展專業指導講師

（依姓氏筆畫排序）

目錄

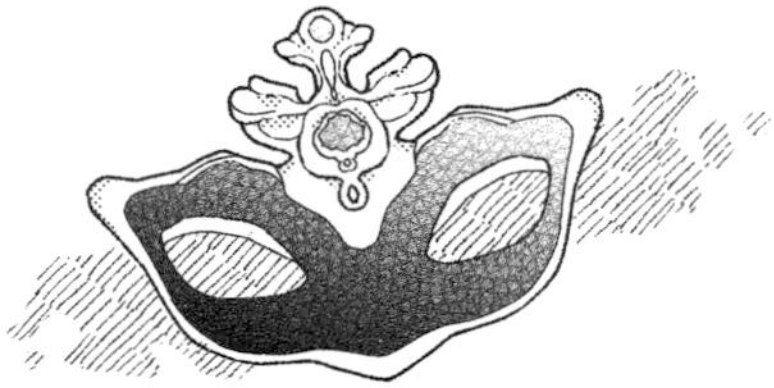

主要人物介紹

黃宗一・新來的怪咖轉學生。白上衣、黑長褲，中分髮、身上帶了一只公事包，是個事事講求精確的對稱控。行事風格獨特，興趣是研究科學，認為真相需要科學證據。綽號「科學怪探」。

隋雲・安靜、領悟力高，因為身體障礙，經常睜著一雙明眸，在一旁冷眼旁觀，但每到關鍵時刻，卻能提出令人無法否認的觀點。是黃宗一在知性上的勁敵。

高勝遠・方逸豐的麻吉，長著一張娃娃臉，頭髮篷鬆，造型打扮類似方逸豐，卻口拙不善言辭。曾想追求余唯心。

廖宏翔・相貌端正，舉止斯文得體，自小學習大提琴。父親是卡激凍冰淇淋的老闆，好朋友是家裡開剉冰店的卓伯康。

蔡淑芬・家裡開水果攤，兼賣果汁，經常得顧店，擠檸檬汁和柳橙汁。個性孤僻，總是獨來獨往。

林仲亨・鬥雞眼加塌鼻子，還有一口暴牙，講話三不五時會噴口水，人緣不佳。有點迷信，喜歡占卜運氣。

何文彬・同學眼中的小壞壞，行事投機取巧，但反應機伶。

邱政・警察之子，視黃宗一為競爭對手。

劉孟華・六年一班班長，在玉茹老師慶生會那天失蹤，只留下一本日記。據信是被青鳥帶走，但之後又莫名出現。

張旋・吉他王子，喜歡錢若娟。在劉孟華重現時失蹤。

第七話 異世界少年

若問有哪個地方我非常想去，那麼我的答案是異世界。

異世界在哪裡？要怎麼去？當然沒那麼容易。首先，取得入場券的機會是可遇不可求，而且你必須是天選之人才行。我不曉得自己是不是天選之人，但總要努力看看吧，所以我經常上網搜尋遊戲，在網頁上針對遊戲中的世界與角色數值完成設定，然後滿心期待會出現一行字：「按下之後，你會回不去原本的世界，確定要繼續嗎？」可是始終未曾如願，入口密碼從未在我眼前出現過。

另有一種較為激烈的手段，也可通往異世界，那就是出車禍或被殺人魔盯上。有幾次我站在十字路口，看著匆匆來去的車流，心想只要眼一閉、心一橫，往前一跳就行了，搞不好再睜眼時，已經轉生到異世界，只是我一直提不起勇氣跨出那關鍵的一步。

去不了異世界固然叫人失望，但幸好有別的替代方案，譬如看動漫和電影，可以透過影像進入故事中的異世界，想像自己成為無所不

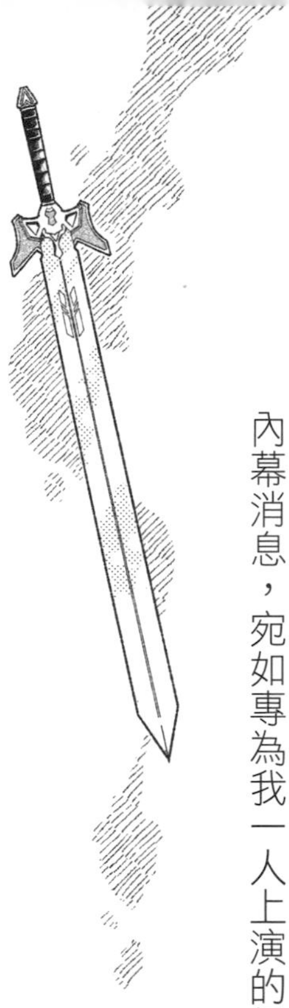

能且人見人愛的英雄角色，和一票同路好友結伴同行，一起平息席捲整個異世界的巨大風暴。

啊，對了！我自己有個祕密基地，在那裡可以窺探別人不知道的內幕消息，宛如專為我一人上演的好戲……

走在校園裡，每天看到的景象幾乎一成不變，但我還是得先做好心理準備，說不定哪天就會穿越時空去了異世界，此後人生從黑白變彩色，但目前最重要的，是要把劍法練好。

來到運動中心後面，四下無人，正是練劍的好地方。我依照網路上找來的劍譜圖示，一招一式依樣畫葫蘆練了起來。

赫！哈！赫！哈……

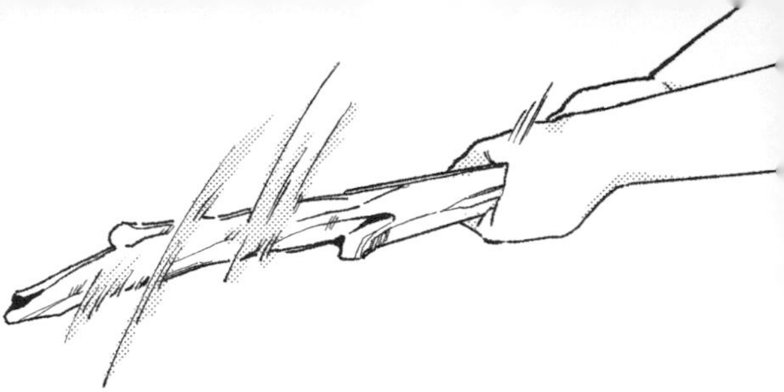

「高勝遠，你在『赫』什麼赫？」

突然有人講話，把我嚇了一跳。轉頭一看，是章均亞站在離我不遠的樹蔭下。

「你在練劍對不對？可是你手上的樹枝根本不堪一擊。」

「我練的是招式，樹枝只是替代品，」我回答：「等到了異世界，我自然會拿到真正的寶劍。」

「魔法呢？你要怎麼鍛練魔法？」

「這是個難題，」我說：「不過按照慣例，每一個轉生到異世界的人，都會立刻擁有一身魔法。」

「每一個？你指的是動漫裡面的人物吧？」章均亞露出不屑的表情：「你真的相信有異世界存在？」

「我相信！」我斬釘截鐵說：「我必須相信，奇蹟才會發生。」

她搖搖頭，轉身準備離開，卻被我伸手一把拉住。

「別動！」我蹲下來，用樹枝挑起地上的一隻小蜘蛛，將牠放入旁邊的草叢中：「你差點踩到牠。」

「哇！你聽得到蜘蛛在跟你求救？」

「別小看人家，說不定牠是從別的世界轉生到地球的生命體。」

章均亞一語不發，然後一臉嚴肅的看著我，彷彿有話要說。

「你覺得黃宗一最近看起來怎麼樣？」她最後問道。

「沒怎麼樣啊，還是一樣很難搞，」我說。

「會不會覺得他怪怪的？」

「哪裡怪？」

「比方說動作僵硬、說話遲緩……」

「你以為他是……」我停頓了一下：「我懂了，你還糾結在你之前直播時發生的情況。」

「我明明聽見黃宗一的聲音，而且當時他們把他處理掉了，」章

均亞急切的說。

「就算你說的是真的好了，」我說：「但你是聽見，並沒有親眼看見，很可能只是聲音很像罷了。」

「拜託，黃宗一講話的口氣和語調，想要模仿都模仿不來，世上不可能有第二個像他那樣說話的人。」

「抱歉，這次我站在『眼見為憑』那一邊，」我邊說邊搖頭：「光是聽見，就說黃宗一遇害，實在很難說服別人。」

「你很莫名其妙！」她氣憤不平的說：「寧可相信有異世界的存在，卻不肯相信我這個活生生的人所講的證詞！」

我一時語塞，她氣呼呼的轉身走開。我發呆了一會兒，然後蹲坐在樹蔭下，細看草叢周遭，卻沒見到那隻小蜘蛛的蹤影。

小蛛啊小蛛，你已經回歸自己所屬的那個世界嗎？正當我喃喃自語，背後響起了宏亮的聲音。

「哎喲！這不是高勝遠嗎？」

我回頭一看，是六年二班的丁岳明，他看起來怎麼那麼亢奮？

「你蹲在這裡幹嘛？」丁岳明發聲問我，卻又立刻伸手制止我回話：「你不要說！讓我猜猜看……你在等異世界的入口打開，對不對？」我愣了一下。

「你也知道我對異世界的……」我想了想措辭：「……興趣？」

「我聽你們班的人提起過，」丁岳明面帶微笑，主動坐到我旁邊：「何文彬說你阿呆，邱政罵你蠢蛋！他們說你沉迷於異世界！」

咦，怪了？我記得丁岳明個性害羞靦腆，很少主動找人搭訕，今天怎麼變得如此多話？

「他們沒有好奇心，可是我有，」他繼續往下說：「任何新奇怪誕的事物我都有興趣嘗試看看。趕快告訴我，你心目中的異世界長什麼樣子？」

他額頭上冒出大量汗水，甚至沿著臉頰流下來。今天太陽的確不小，但天氣有這麼熱嗎？我取出衛生紙遞給他。

「幹嘛？」他不明所以的看著我，然後伸手往臉上一摸：「我在冒汗？沒關係啦，擦一擦就好。」

他雙手並用，在自己臉上東抹西擦。

「快說，異世界長什麼樣？」

「你有沒有看過《無職轉生》？」我問他。

「有聽過、沒看過，」他回答我：「我沒時間找來看，你只要用最快的方式，讓我明白異世界是怎麼回事就行了。」

這傢伙是在急什麼急？我想了一下，從袋子裡取出一支萬花筒。

「這是什麼？」

「你看了就知道，」我說：「我覺得異世界就好像萬花筒呈現的影像。轉動圓筒，正如施展魔法一樣，可以從另一端的觀察孔中看見

美麗的圖像，而且圖像會隨著你手指頭的動作而千變萬化。大致上來說，我覺得異世界就像萬花筒一般錯綜莫測、瞬息萬變。」

丁岳明哈哈大笑，伸手搶走我掌中的萬花筒，隨即舉到右眼前觀看了起來。

「太美了！酷斃了！簡直是人間仙境！」

聽到這樣的讚賞我當然很高興，但同時也覺得太浮誇了，他難道沒看過萬花筒嗎？

反應也未免太激烈了吧？

「謝啦，我先走一步。」

他起身往教室的方向移動，我趕緊叫住他。

「丁岳明，萬花筒還我。」

他看著自己手上的東西，一臉疑惑。

「你說這個啊，」他用雙手拋接著萬花筒：「這是你的東西？」

「對啊，我才剛拿出來借你看的，」我驚恐萬分，深怕萬花筒會掉在地上摔壞：「那是我珍藏的寶物，快還我！」

「你有證據嗎？」他看著萬花筒說：「上面又沒寫你的名字。」

「不要鬧了，快還我！」

他轉身走掉，我追上去拉他，試圖奪回萬花筒。他一手將萬花筒高舉過頭，另一手把我推開。沒想到他力氣這麼大，我完全無法貼身靠近，更甭提拿回我的東西。我們就這樣一邊叫罵一邊拉扯，一路糾

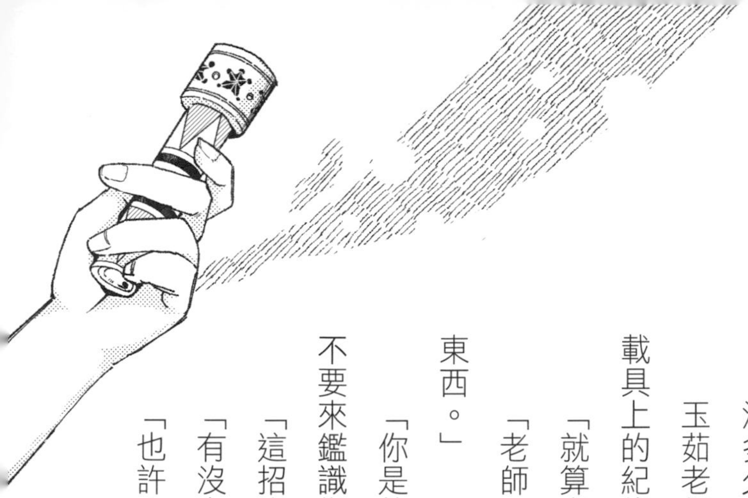

纏到西廂樓附近，最後是接獲學生通報的訓導主任現身，把我們倆帶往訓導處。

沒多久，玉茹老師來了，聽到風聲的班上同學也跟來了。

玉茹老師對我說：「你能證明這是你的東西嗎？像是發票收據或載具上的紀錄？」

「就算有收據，應該早就不見了，」我無可奈何的說。

「老師，高勝遠不會騙人啦，」方逸豐說：「萬花筒絕對是他的東西。」

「你是他的好麻吉，當然幫他講話，」邱政說著，然後提議：「要不要來鑑識指紋？」

「這招沒用，」丁岳明說：「我們倆都摸過萬花筒。」

「有沒有目擊證人？」邱政又問。

「也許……」我對著站在一旁的章均亞說：「你有看到我和他發

生爭執嗎？」章均亞搖搖頭。

「我只看見你練劍，沒看到丁岳明，也沒見過萬花筒。」

玉茹老師露出為難的表情。

「沒物證，也沒證人，這樣很難證明東西是你的，」她對我說。

「老師，你的立場不公平，」方逸豐說：「你應該也要求丁岳明提出證明才對。」

「我知道了，」何文彬擊掌說：「兩位當事人，如果我把萬花筒摔在地上，你們倆會有什麼感受？」

「不要，千萬不要！」我趕緊回答。

「當然不行！我會很心疼的，」丁岳明義正詞嚴的說。他先是一臉正經，剎那間又笑逐顏開：「你以為我會說『隨你便，我無所謂』？你當我是笨蛋嗎？哈哈哈——」他的狂笑來得突然，惹得大家呆若木雞的側眼看他。

我看見人群中的黃宗一像在評論：「那個人的情緒太嗨了。」旁邊的隋雲緊接著回應：「他的臉色潮紅，很不對勁。」只見丁岳明睥睨全場眾人，以得意洋洋的口氣說：「還有別招要出嗎？不然我要帶著萬花筒離開了。」

「高勝遠，你是在什麼地方拿萬花筒出來，借給丁岳明看？」隋雲問。

「樹下，」我說。

「在你練劍的樹下？」隋雲又問。

一旁的同學們忍不住發出笑聲，我尷尬的點點頭。

「你去請那棵樹來當你的證人。」

蛤？她在胡說什麼？這不像是隋雲會提出的建議。

「你在開什麼玩笑？」方逸豐說：「植物怎麼可能當證人？想要請它過來根本是天方夜譚。」

「是嗎？」隋雲的表情看起來像是認真的：「高勝遠是異世界的擁護者，也許他周遭就有神祕力量的存在，在這種非常時刻，搞不好那棵樹願意挺身而出。」

我呆住了。這下子該怎麼辦才好？

「哪來的樹？」丁岳明笑咪咪的說：「你去請啊，我等你。」

我只好走出訓導處，往運動中心的方向前進。太陽高掛天上，一路上的景觀依舊，連那棵樹所在的位置也沒變。我雙手放在樹上，內心吶喊著：「帶我走吧，我不會後悔的！」然而什麼事也沒發生。

我垂頭喪氣的回到訓導處，卻發現大家都走光了，只剩下方逸豐一人。他把萬花筒還給我。

「怎麼回事？」我問：「我沒請到目擊證人啊？」

「哪裡需要目擊證人，只要隋雲和黃宗一出手就搞定了，」方逸豐說。藉由他的轉述，還原了剛才的事情始末：

大家等了片刻，隋雲突然問丁岳明：

「高勝遠差不多到那邊了吧？」

「還沒到啦，他走路慢吞吞的，」丁岳明回答：「要是我，現在早已經到了。」

又等了一會兒，隋雲又問：「現在呢？」

「應該到了，」丁岳明說：「但是他回得來嗎？如果請不動那棵樹，我看他也沒臉回來。」

「你倒是滿清楚那棵樹的位置？」

「不就是運動中心後面那排樹當中的某一棵？」

「是嗎？」隋雲淡淡一笑：「我們從頭到尾都沒提過是哪裡的樹，你這樣等於是不打自招。」

丁岳明臉色一沉。

「你很賊，居然套我的話！」他忿恨的說：「不過那又怎樣？也可能是我在那棵樹下借他萬花筒看，這樣也說得通啊！」

「還想狡賴！」

王元霸衝出來，伸手抓住丁岳明的衣領。沒想到丁岳明居然拍掉他的巨掌。

「王元霸，別亂來！」玉茹老師喝道。

「老師，你還是讓王元霸制伏他，」黃宗一說：「最好押他去保健室檢查一下。」

「檢查什麼？」我脫口而出。難不成他……

「老師也問了同樣的問題，」方逸豐說：「黃宗一的回答是『我懷疑他服用毒品。』現在他們人全都在保健室。」

什麼？毒品？難怪丁岳明今天很反常。我還猜他該不會是從異世界回歸，原來是服用毒品……

• • • • •

中午用餐時間，我沒胃口吃便當，一個人躲在視聽教室。想到班上同學的嘲弄，我就覺得火大。

「按照動漫的邏輯，高勝遠，我認為你還不夠廢，」何文彬說。

「這話怎麼說？」宋謙問。

「你必須是廢柴，異世界才會召喚你過去，」何文彬說：「可見得高勝遠不夠廢，不然就是運氣不夠背。」

「不夠背？要到什麼程度才叫做運氣背？」

「比方說被人綁架……」

這兩人在幹嘛？講雙口相聲？我正要發作，卻有人搶先我一步。

「何文彬，你再說，小心我撕爛你那張嘴！」錢若娟罵道。

「哎喲，小弟我能讓錢老大振作起來，這也算是功勞一件吧？」

何文彬嘻皮笑臉的說。

「你就別再討打了。」邱政說：「我倒是沒想過用萬花筒來比擬異世界，高勝遠，你還滿有想像力嘛。」

「錯了，高勝遠的比喻和想像力沒有太大的關係，而且邏輯不通。」黃宗一突然插嘴道：「萬花筒呈現的是對稱的圖像，我沒去過異世界，但顧名思義，那個時空必然異常，絕無可能萬物皆對稱。」

連黃宗一都來奚落我。我再也坐不下去了，索性往外一衝，逕自跑進視聽教室。這會兒四下無人，窗簾全都拉下來，昏暗的氛圍讓我冷靜了些。況且，這裡就是我的祕密基地。在這個地方，我不必透過觀測萬花筒獲得快樂，因為有那個洞。

我走向講台旁邊的牆壁，先蹲下來，用筆尖卸下牆上的一小片方形塑膠板，一個半徑約莫兩公分的洞隨即暴露出來。我蹲坐在地上，往洞口探眼一看，咦，怎麼一片雪白？啊，可能是牆壁外面剛好有白色東西遮住洞口吧？今天大概沒好戲可看了。

透過這個洞，我目睹過校園裡上演的許多幕後花絮，譬如顏立弘向莊杏兒索吻；我們班的班對湯子怡和方逸豐手牽手路過。有一次，

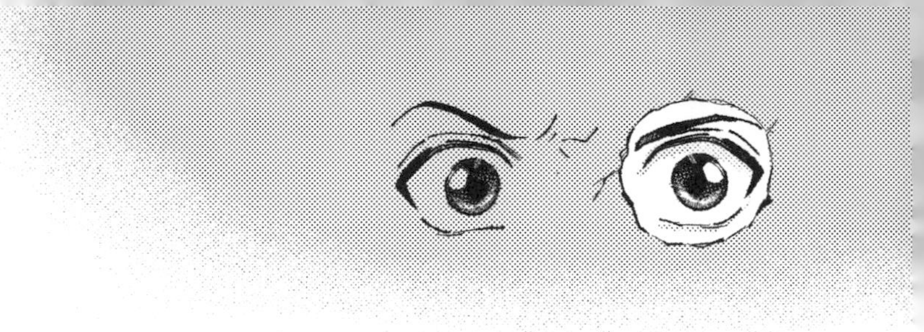

我看見黃宗一走過，沒多久後換成錢老大經過，然後是張旋和章均亞依序路過，這四人是在演出跟蹤戲碼嗎？還是螳螂捕蟬、黃雀在後？還有一次，我看到何文彬跟在志雄老師後面，不曉得在打什麼主意。最奇特的一次是，洞外的蔡淑芬竟邊走邊自言自語，而且還自打耳光，彷佛有自虐傾向。

對了，劉孟華很可能是從異世界回歸，等他清醒，我一定要去找他聊一聊……就在此刻，牆壁的另一邊傳來交談聲。

「你到底想要幹嘛？」

「讓我們這個地方興盛起來。」

「你的做法很有問題，我無法贊同。」

「成功的背後要付出代價，你懂嗎？」

隔著洞口，我聽不出來是誰在講話，唯一可以確定的是兩個大人在爭辯。

「我要揭發你！」

「有種就試試看！」

突然響起碰的一聲，緊接著是咚的一聲，我嚇了一跳，出於本能的從牆面退開。我不曉得發生什麼事，也不知如何是好，這時又傳來碰撞聲，然後是嗖的一聲。我等了一會兒，才小心翼翼的探眼去看。

咦，遮住洞口的白色東西不見了，反而有兩隻腳橫躺在地上。仔細一看，躺著的那個人動也不動。我很害怕，一顆心怦怦亂跳，身體不聽使喚而站不起來。

不知過了多久，外面出現嘈雜聲，我的腳也總算可以移動了。我走出視聽教室，繞到校舍的另一邊，看見韓校工和班上幾個同學正在現場。我往地上一瞧，嚇！居然是志雄老師！

「老師被幹掉了，」何文彬哭喪著臉說：「都是因為他在幫我們調查綁架案。」

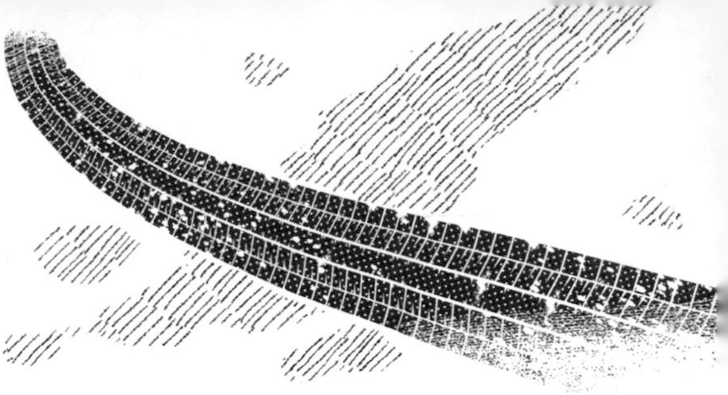

韓校工摸了摸志雄老師的手腕和頸部。

「他沒事，」韓校工說：「只是被打昏而已。」

「老師人在這裡做什麼？」「趕快叫救護車！」「運氣太背了吧，完全沒有目擊者」「這一區本來就比較少人經過……」眾人議論紛紛之際，我舉手說：「我是目擊者，我有看到……」但是沒人理我。然而隋雲一開口，大家全都安靜下來。

「這裡有輪胎的痕跡。」

「對耶，剛才怎麼沒注意到，」廖宏翔說。

「是白色的車子，我看到了。」

我的發言終於被聽到，但卻引來大家的反彈。

「你別來搗亂，」邱政說：「散播假訊息等同作偽證。」

「我是說真的！」

「你就這樣憑空冒出來，聲明自己目擊犯案經過，實在叫人很難相信！」

好吧，口說無憑，我只好帶大家去看那個洞，即便讓我的祕密基地曝光也在所不惜。大家跟著我進入視聽教室，透過那個洞口觀看外面的世界，最後總算信服了，可是……

「很抱歉，你的證詞有問題，」韓校工說：「今天開進學校的車子，根本沒有白色車款。」

咦，怎麼會這樣？

「可是，我明明看到白色……」

「你是撒謊還是看走眼，居然黑白不分！」邱政的口氣很不屑。

「不能怪他啦！異世界來的人看到的景象，本來就跟我們不一樣，」何文彬語帶嘲諷。

怎麼辦？這就叫做百口莫辯。有誰能幫我？我驚慌的四處張望，在昏暗的室內有一對眼神特別明亮……是黃宗一！

幫幫我，拜託！我在心裡吶喊。

神奇的事情發生了，黃宗一居然動了起來。他走到牆邊，眼睛湊向洞口一看，然後起身轉頭面對大家。

「高勝遠沒有撒謊，」他宣布：「但他被騙了。」

「被誰騙？」好幾個人同時發問。

「他自己，」黃宗一回答：「嚴格來說，是被他的大腦騙了。」

蛤？什麼意思？

「在正常狀況下，黑色物體怎麼看都是黑的，白色物體怎麼看都是白的，」科學怪探開講了：「不過，在背景沒有明暗對比的環境下，人類的視覺會以反光強弱來判斷是黑或白。」

「你的意思是……」邱政追問。

「高勝遠從洞口往外偷窺，室外很亮，室內很暗，所以他的大腦錯把太陽下的黑色車子當成白色。」

這時突然響起開門聲，頓時燈火通明。進來的人是玉茹老師。

「你們怎麼還在這裡？」她說：「志雄老師已經上救護車了。」

每個人的目光都投向韓校工。他恰似回應大家的期待說：「今天開進校園的黑色車子只有兩台，一台是邱警官開的，另一台是『卡激凍』的廖老闆開的……」

「不可能！」邱政率先回應：「我爸不可能攻擊志雄老師！」

「我爸跟志雄老師之間也沒有過節！」廖宏翔說。

現場陷入一片沉默。這也難怪，不管是誰打昏志雄老師，都會令人跌破眼鏡。大家你看我、我看你，就像中了魔咒般動彈不得。

記得有句話說：現實往往比想像更離奇。這一次我真的是深感認同。原來我所在的現實時空，可以比異世界更匪夷所思啊！

夾角為直角

夾角為 60 度

兩面鏡子平行相對時，
鏡像會無限延伸。
（圖為示意）

回到萬花筒內，等寬的三片鏡面構成了正三角形柱，任兩片鏡面間的夾角都是 60 度，所以每兩片鏡面反射的影像加上原本的實體，共有六個，呈六角形排列。因此觀看萬花筒時，常可看到具有六角形結構的對稱圖案不斷往周圍延伸。但仔細尋找，可找到真實物件在三角形內形成的圖案。自己試著製作一個萬花筒，仔細觀察看看吧！

科學眼 兩片鏡面之間的夾角愈小，反射形成的影像愈多。當鏡子平行相對，影像會不斷重複延伸。

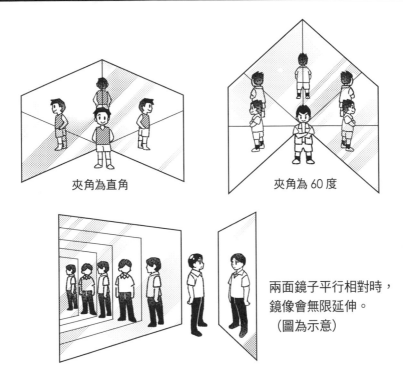

破案之鑰

萬花筒為什麼會有「萬花」？

這要從萬花筒的結構來理解。一般萬花筒的內部，由三片相等的長方形鏡面構成，末端放置亮片或彩珠等色彩鮮豔的小物件，經由鏡面反射出大量對稱的影像，從觀察端看起來就像是百花齊放。轉動筒身時，筒內的亮片和彩珠會跟著移動，連帶使得影像變化莫測，因此得到「萬花」的美名。

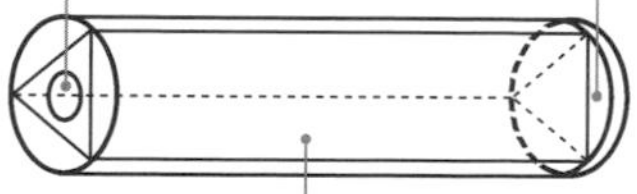

為什麼萬花筒會產生這樣的影像呢？先來看看鏡面如何反射。把一個物件擺在平面的鏡子前，光線的反射會在鏡後等距的地方形成對稱影像。如果使用兩面鏡子又會如何？影像的形成會依鏡子之間的角度不同而有所變化，如右頁所示。

第八話

冰淇淋王子

大家都不了解我。

很多人猜想我一定是每天卡激凍冰淇淋吃到飽，其實錯了，我並不喜歡吃冰淇淋，味道太過人工化，相較之下我還寧可吃剉冰。有人看我家境好，用的東西是高檔貨，以為我一定是父母的心頭肉，其實也錯了。父親最在乎的是他的生意，成天不在家也就罷了，在家時都在講電話談業績。至於母親，總是打扮得漂漂亮亮，跟她的一票貴婦團朋友去喝茶聊八卦。你說她很疼我，送我去學大提琴？其實她是按照自己心目中的完美形象來塑造我，希望我成為有氣質的文藝少年，卻不曾了解過我真正的興趣是什麼。

對了，還有人會說，你不是有個好麻吉卓伯康？他應該很了解你吧？答案是也不是。我和卓伯康本來的確形同手足、無話不談，但自從我父親去年開專賣店拓展業務之後，我和卓伯康之間就有了隔閡……其實這也很合理，卓伯康要是跟競爭對手的兒子走太近，豈不

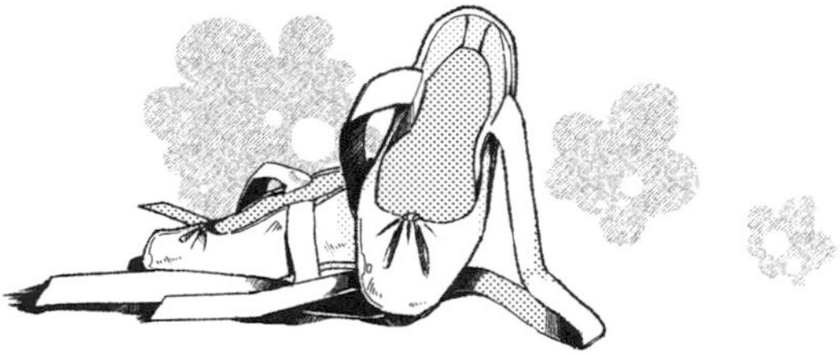

是等於背叛他爸爸？

在這樣的處境下，我很慶幸至少有個人願意理解我的狀況。真實的我一點也不想拉大提琴，真正想學的是芭蕾舞。可是母親說芭蕾舞是女生的興趣，父親甚至說跳芭蕾舞的男生娘娘腔，所以我什麼都不敢講。幸好，還有花媽校長知道我的困擾，她瞞著我父母帶我去看芭蕾舞表演，鼓勵我十二歲學芭蕾舞還不算太遲，還說有什麼問題都可以找她商量，她辦公室的大門永遠為我而開。我時常敲她的門進去跟她訴苦，才知道花媽校長在少女時代跳過芭蕾舞，是結婚生小孩後才身材走樣。想不到吧？

・・・・・

今天早上跟父親鬧得不太愉快。我追問他，前幾天是不是在學校與志雄老師發生肢體衝突，他回答我：「不干你的事，小孩子別管太多。」但這件事怎麼會跟我無關？我一氣之下決定走路上學，不坐家裡的轎車。

出了巷弄，行經十字路口，碰上第一間便利超商，我感到飢腸轆轆，這才意識到自己沒吃早餐。走進超商，買了飯糰和鮮奶，正打算去二樓的用餐區，這時門外傳來碰的巨響，當場所有人全都呆住了，包括我在內。我突然感覺到身邊有一陣風掠過，

一位穿藍色襯衫的先生跑下樓梯，衝出店門口，向剛好在附近巡邏的警察表明自己是目擊證人。警方迅速封鎖現場，並要求超商裡面的顧客留步接受偵訊。

就這樣，我到校時已經很晚了。

「所以這是自殺案件？」玉茹老師問。

「警方以自殺結案，」我說：「因為有證人目擊一切。」

「就是當時跑下樓梯、衝過你身邊的那位藍衣男子？」邱政問。

我點點頭。

「他告訴警方他上樓時，整層二樓除了他，只有另一個人坐在窗口旁邊，那個男人嘴裡碎碎念著，說什麼工作不順、感情受挫、好想去死。藍衣男子過去安慰他一陣子，看他拿出紙筆像是要寫東西，於是趕緊迴避。後來藍衣男子吃完早餐，正在清垃圾，卻發現對方打開窗戶正往下跳，他想阻止已經來不及了。」

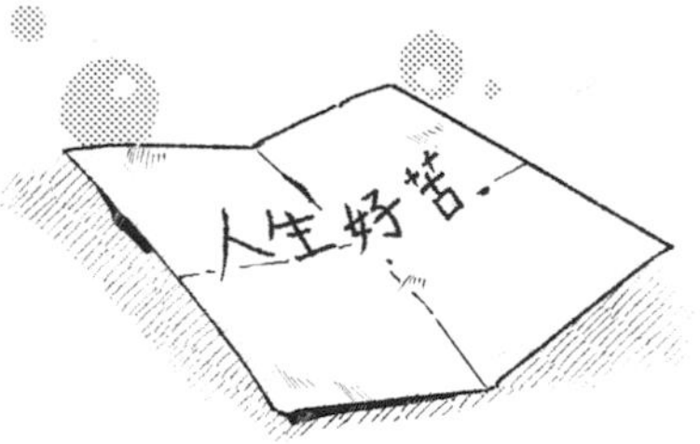

「那個男的寫了什麼？」鄭少傑問。

「人生好苦，我不行了，」我說：「桌上只有那一張紙。」

「這不就是死前遺言？」邱政問：「有查出他的身分嗎？」

「他身上沒有任何東西，」我搖頭回答：「沒有證件，連錢包也沒有。」

「你有看見屍體嗎？」何文彬問。

「沒有，」我暗自慶幸的說：「聽說是頭部直接墜地，死相滿悽慘的。」

「那位好心的藍衣男子一定有目睹慘狀吧？」姚夢萱說：「希望他不會做惡夢。」

「各位同學，心情苦悶時一定要找人講出來，」玉茹老師像是在做結語：「自殺不能解決問題，明白嗎？」

我明白，幸好我有花媽校長可以傾訴。

• • • • •

中午吃飯時間，大家討論起最近發生的事。

「我爸已經澄清他的嫌疑，」邱政說：「那天他是來找花媽校長，並沒有跟志雄老師碰面。」

「他找花媽校長幹嘛？」章均亞問。

「他沒說，」邱政回答：「只說大人的事跟我們小孩無關。」

「大人都這樣，」何文彬說：「不想告訴你就說不關你的事。」

我暗自點頭，父親也是這樣搪塞我。

「志雄老師怎麼說？」方逸豐問：「他不是已經沒事了？」

「我爸說老師的證詞和案情有關，所以不能透露，」邱政說：「警方會去調查清楚。」

「所以打傷志雄老師的人是……」余唯心看著我，沒把話講完。

「不一定是我爸呀！除非志雄老師指名道姓，」我說：「不然打傷他的，也可能另有其人。」

「別再硬拗了，」何文彬說：「既然不是邱政爸，那就是你爸，現在的重點是動機吧。」

「該不會是志雄老師說卡激凍冰淇淋不好吃，你爸一聽很火大，就給他一拳下去？」宋謙說。

「才不是這樣，」高勝遠搶先我一步反駁：「我聽到的明明跟地方建設有關，而且還說成功要付出代價。」

「冰淇淋專賣店跟地方建設有什麼關係？我看不出來。要付出什麼代價？就更令人想不通了，」蕭莉玲說。

我也想不通，所以想找花媽校長討論。我到了她位於東廂樓一樓的辦公室，門是關上的，附近有兩個學生在交談。

「你們有事要找花媽校長嗎？」我問。

他們倆搖手説沒有。於是我先敲了辦公室的門，再伸手轉門把。

咦？怎麼鎖上了？我再敲門，依然沒有回應。

怎麼回事？從來沒發生過這種情況。不管怎樣，就算外出，每天中午十二點以前，花媽校長一定會趕回辦公室。

「你們在這裡聊了多久？」我詢問旁邊的兩名同學。

他們説頂多十分鐘。現在是十二點四十分，這意味著花媽校長在裡面待了半小時以上。情況不對勁。

「我在這裡繼續敲門，你們快去找韓校工過來。」

門內始終無人應答。韓校工一趕到，立刻用備份鑰匙開門，眼前的景象嚇了我們一跳！花媽校長趴在辦公桌前的沙發區地毯上，另有一名身穿藍色衣服的男子閉眼仰躺在沙發，貌似昏迷不醒。辦公桌面和地上凌亂不堪，壁櫥和抽屜全被拉開來，書籍和文件掉落滿地，恰似有龍捲風掃過。

韓校工快步向前，蹲在校長身邊，伸手一探她的脈搏。

「應該沒事，」話一說完，他隨即打電話報警，並請保健室人員過來。我去查看另一名男子的狀況，一時忍不住驚呼！

「怎麼是他？」

「他是誰？」韓校工問。

「早上那椿自殺案件的目擊證人！」

一樣的臉孔、一樣的藍色襯衫，同一人為何會昏倒在這裡？

• • • • •

「我叫做吳仁義，我是程蓮花的外甥。」

「程校長是你的阿姨？」邱警官問。

「其實是小阿姨，」吳仁義摸著後腦杓說。

邱警官趕到之前，吳仁義已逐漸甦醒，他表示自己並無大礙。花媽校長躺在沙發上，雖然尚未清醒，但是呼吸聲聽來平穩。

「聽說你是早上那樁自殺案件的目擊者？」邱警官說：「這個社會需要更多像你這樣的好公民。」

「只可惜沒阻止他跳樓輕生，」吳仁義很遺憾的說。

花媽校長昏倒的消息已經傳開，很多人都跑來看熱鬧，我們班的同學也來了好幾個。根據吳仁義的證詞，他拜訪花媽校長是不請自來，主要是想給小阿姨一個驚喜。兩人敘舊了一番，突然有身高一七〇左右的黑衣蒙面人闖入，受到驚嚇的花媽校長當場倒下，吳仁義試圖反抗卻被打昏，直到有人進來把他喚醒。所謂的「有人」，指的就是我和韓校工。

「程校長看起來沒有外傷，」邱警官說：「倒是辦公室被翻得亂七八糟。」

「歹徒很可能是打劫，」吳仁義說：「不知蒙面人偷走什麼東西？都怪我無力阻擋。」

「你已經盡力了。」邱警官安慰他說：「我簡單做個總結，你是十二點十分進來這間辦公室，約莫十二點二十分黑衣蒙面人闖入，十二點三十分左右有兩名學生在門口附近聊天，十二點四十分韓校工拿備用鑰匙進門，這時蒙面人已不見蹤影。由此可見，歹徒是在十二點二十分至三十分之間離開。」

「應該是這樣沒錯，」吳仁義表示附議。

「好，我馬上發布通緝令，」邱警官說。

「只可惜我掌握到的線索太少，」吳仁義說：「小阿姨就拜託各位了，我先走一步，不妨礙你們查案。」

「沒問題，」邱警官說：「留下手機號碼和聯絡方式，你就可以走了。」

「請先等一下。」

從圍觀人群中走出來的是黃宗一。

「我想確認幾件事。」

提著公事包的黃宗一，站在辦公室的正中央環顧周遭。

「你說蒙面人進來偷東西，」他看著吳仁義說：「我倒覺得歹徒是來找東西。」

「這我就不知道了，」吳仁義聳聳肩回答：「偷跟找沒多大的差別吧。」

黃宗一繞了一圈，停在與門框同一側的牆壁前面，那個位置擺了一張玻璃材質的茶几，茶几上面有個鐵盒和銀色燭台，燭台上面插了一支缺一截的蠟燭。此外，茶几附近的地上也散落著幾支蠟燭。

「有誰知道這燭台是做什麼用的？」黃宗一問。

沒人接腔，於是我舉手。

「每天中午十二點鐘，花媽校長會點燃蠟燭，為她過世的小兒子祈福，」我說。

黃宗一低頭嗅聞蠟燭，然後戴上手套觸碰鐵盒。

「蠟燭先前燒過，鐵盒尚有餘溫，」他邊說邊掀開鐵盒，裡面有一團黑黑的東西：「看來有人在盒內燒了一張紙。」

「我立刻請鑑識人員過來，」邱警官拿出手機，作勢要按鍵。

「太慢了，」黃宗一說：「我先快速處理一下。」

他雙手捧起焦黑的紙團，輕輕放在茶几上，再從公事包裡取出噴瓶，往紙團噴了幾下。

「你噴了什麼？」邱政問。

「加了甘油、酒精和水的混合液，」科學怪探回答：「紙團應該已經濕透了。」

「這樣做有用嗎？」吳仁義問。

「試試看就知道，」黃宗一說。

他輕輕剝開紙團，攤平在茶几上，然後掏出手電筒往它打光。邱警官靠過去查看。

「芳芳服飾店……十萬……裕民烘焙坊……八萬……這是什麼？」邱警官問。

「芳芳服飾店是我家那邊的商店，」卓伯康說：「去年遭人惡意破壞，後來就關店收攤了。」

「十萬是指……」

「讓一家店收掉，你可以拿到的酬勞，」黃宗一對吳仁義說。

「我不懂你在說什麼，」吳仁義帶著笑容說。

「我來做個總結，」黃宗一繼續說：「程校長不知從哪裡取得這張報價單，你得到消息後，在今天十二點十分來到這裡，威脅她交出報價單，但校長拒絕，於是你打昏她，然後翻箱倒櫃找這張紙……」

「等一下，程校長根本沒有外傷啊？」邱警官問。

黃宗一的手電筒打出紅光，照射在花媽校長的手臂和小腿上，頓時顯現瘀傷的痕跡。

「怎麼會這樣？」邱政問。

「打人卻不留下傷痕的方法有好幾種，其中一種就是……」黃宗一撿起地上一本厚如磚塊的書：「墊著書揮拳揍人。」

吳仁義臉上的笑意退去。黃宗一的手電筒朝他身上打光。

「你的手臂和臉上都看不到瘀

傷，我相信你襯衫下的肌膚也沒有傷痕，但你卻說自己被人打昏，」黃宗一關掉手電筒：「程校長身上有瘀傷，你卻說她是受驚嚇昏倒，很顯然你在說謊，因為根本沒有黑衣蒙面人，真正的犯人就是你！」

吳仁義目露凶光。

「一找到報價單，你想要立刻走人，偏偏這時候門外有人在聊天，一旦走出去你就會曝光。你等了一下，揣測門外的對話一時間還不會結束，」黃宗一走近茶几，看著燭台上的蠟燭：「看到點燃的蠟燭，你靈機一動，先燒掉報價單好了，反正銷毀證據是當務之急。於是你燒毀報價單，吹熄蠟燭，這時候有人敲門，你心想既然逃不掉，乾脆假裝昏倒，扮演被害人。」

「吳仁義，束手就擒吧！」

邱警官才掏出手銬，卻立刻被吳仁義打趴在地。

「我要走就走，誰也擋不了我，」他狂妄的說：「我可是空手道

四段！」

這時王元霸往門口一站：「你得先過我這一關。」

宋謙也跟進：「你得從我身上踩過去才行。」

挺身而出的第三人，令大家喜出望外。「還有我，」錢若娟說。

喔耶！六年一班的三本柱一齊出手了！犯人絕對插翅也難飛。

・・・・・

臉上掛彩的邱警官將吳仁義押上警車，圍觀人群如鳥獸散。我拖著腳步走在班上同學的後面，與大家漸行漸遠，最後我歇腳坐在操場旁邊，思索剛才發生的情況。

我望著天空出神，沒注意到有人移步過來。

「你一定很疑惑，」出聲的人是黃宗一：「為何早上是好人，到了中午卻變成壞人。」

「我完全想不通，」我搖頭說：「善與惡怎麼會發生在同一個人身上。」

「你來點醒他吧。」

我這時才注意到，原來隋雲也在旁邊。

「你這種反應叫做『月暈效應』，」隋雲說：「對一個人的初步印象，會擴張而形成對這個人的整體印象。基本上來說，月暈效應是一種認知偏差。」

「認知偏差？」我說：「我不是很懂……」

「簡單來說，當一個人留給別人的印象是正面時，人們就會用正面的角度去解讀對方的言行舉止。反過來也一樣，就像大家對何文彬的印象不佳，發生不好的事情時，第一個就先懷疑他。」

「可是，吳仁義的情況不一樣啊。」

「你太早下判斷了，」隋雲說：「其實吳仁義算他倒楣，陰錯陽差碰上門外有人在閒聊，害他走不了。仔細想想，照他的說法，蒙面人只有十二點二十分到三十分之間可以擺平花媽、打傷他，還要偷東西然後趕緊走人，這些事用十分鐘來做實在是不夠。另外最重要的一點是，花媽校長的辦公室從不鎖門，你去敲門時發現上了鎖，當下就該起疑才對，尤其是跟外甥碰面，更沒有鎖門的必要。」

對喔，我怎麼沒想到？

「至於早上的自殺案件，我認為真相應該是他殺。」

「怎麼可能？」我不敢置信的說。

「我問你，死者身上是不是找不到任何東西？」

「對啊，連證件都沒有。」

「桌上是不是只有一張紙？」

「對啊，那是他的死前遺言。」

「就這樣？他沒吃早餐？」

「應該沒有吧，桌上沒剩下食物、容器或包裝紙，」我想了一下：「這代表他沒有胃口、一心求死。」

「連筆也沒有？」

「筆？什麼筆？」我愣了一下。

「吳仁義不是說看到那個人拿出紙筆寫東西？所以至少要有筆吧？」隋雲說。

「可是死者身上沒筆，桌上也沒有……」我喃喃自語：「這代表目擊者在說謊？」

「八成是吳仁義推他墜樓，然後在桌上放了一張冒牌遺言。」

隋雲的推理聽起來很合理。

「他為什麼要這麼做？」

「他的工作是收錢幫人處理骯髒事，」隋雲回答我：「警方會查

出來的。」

我一時間不曉得說什麼才好。

「先回教室了，」話一說完，兩人轉身離開。我趕緊叫住他們。

「再問一個問題就好，」我說：「吳仁義為何選擇燒毀報價單？他可以把證據吞下肚啊？」

「從科學的角度來看，燒毀證據的確是愚蠢的辦法，」黃宗一回答：「但他可能並不知道。」

「或許因為他是空手道高手，」隋雲說：「自恃有能力逃脫，所以才不吞下報價單，而是採取華麗的方式銷毀證據。」

「你們倆已經開始攜手查案了嗎？」我問。

「這是第二個問題，」黃宗一說。

「早就開始了，」隋雲淺淺一笑：「敵人的魔掌已經伸入校園，我們要及早應變。」

「我知道你還有別的問題，」黃宗一突然轉換話題：「不過你要記得，做自己有興趣的事情，通常會事半功倍。」

「勉強去做沒興趣的事情，卻會事倍功半，」隋雲接腔。

咦，難道他們明白我的困擾，知道我對大提琴根本沒興趣？這真是一語驚醒夢中人。我決定了，放學回家後要跟父親攤牌，堅定的跟他說我要跳芭蕾舞。

• • • • •

回到家，等了好久，父親一直沒回來。我走進他的書房，寬敞的空間顯得冷清。我坐在他的辦公椅上，想像他如何運籌帷幄談生意……

就在這時候，桌上一疊白紙引起我的注意。最上面的那張紙似乎

有些凹痕……對了，之前曾在電影上看過，白色的紙張看似空無一物，但可能留有字跡……我把那張白紙攤平在桌上，拿起鉛筆輕輕來回畫過有凹痕的地方……

有了，出現字跡了！我睜眼細看：

黃宗一，查無此人

身分證字號並不存在

父母不詳，來歷不明

這是什麼意思？父親在調查黃宗一？什麼叫做查無此人？意思是根本沒有「黃宗一」這個人嗎？那麼，跟我同班、和我講話的人到底是誰？

我覺得我的世界正在崩壞……

紅光可以驗內傷？

血液是紅色，用紅光照射皮膚，可更清楚的分辨出血管的分布，若皮膚底下因為內傷而流血，形成瘀傷，在紅光底下也比較容易顯現。根據古書記載，過去的仵作——相當於今天的法醫，會利用紅油傘過濾可見光，以傘下紅光驗屍，便是利用相同的原理。

但現在有更進步的技術——皮下瘀血取像系統。人體受外力傷害時，如車禍、家暴等，皮膚下的血管會破裂，使血氧濃度發生改變，雖然有時從外表難以辨認傷勢，但用紅光或紅外線照明拍下影像並輸入電腦，經由演算後可顯示血氧濃度分布，藉此得知內傷狀況，提供驗傷證明。

科學眼 鑑識科學利用物理、化學、生物等科學知識及先進的技術，協助破解犯罪。

破案之鑰

燒毀的文件如何復原？

其實無法真的復原，因為紙張已經和空氣中的氧發生激烈的化學反應，變成其他物質。

紙張的主要成分是植物纖維，燃燒後生成水和二氧化碳，留下黑黑的灰則是燃燒不完全的碳。不過紙上的訊息是以墨水書寫而成，經常含有金屬成分，即使經過火燒還是可能留下痕跡。如何取得燒毀文件上的訊息，是重要的鑑識工作，最大的挑戰在於怎麼把紙灰攤平並避免碎裂。

噴水讓紙張變軟，就可以攤平鑑識了！
啊！爛掉了啦……
穿得這麼專業，結果……

若只是用水讓燒毀的文件軟化，很容易脆裂，一般會使用含有甘油、酒精和水合氯醛的溶液噴灑紙灰，以毛筆輕柔攤平後，拍下紙上的字跡存證。如果字跡不夠清楚，還可利用紅外線底片進行拍攝，取得較清楚的字跡。燒毀的文件雖然無法復原，卻可復原文件上的訊息！

第九話 柳橙的滋味

我是隱形人，缺乏存在感，到哪裡都一樣。

我不是故意的。我不會跟別人交朋友，也不懂得如何找人聊天講話，久而久之，就成為那個永遠落單的人。在學校的時候，我最怕分組活動，因為沒有人會想到我。我就像是大家都挑完了卻還殘留在桌上的食物，最後和其他剩菜被打包一併送作堆。

我不漂亮，也不聰明，沒有任何亮點，無法吸引別人的關注。我的記性很差，時常忘了自己剛才說了什麼或做了什麼。最誇張的是，前一刻還在家裡寫功課，下一刻卻發現自己人在超級市場，拿著不知做什麼用的瓶子，而之間的時光有如失憶般消逝。

我爸常罵我整天恍神做白日夢，以為自己是別人家的富家千金。不知為什麼，我就是有這種印象，我媽說那是因為我剛好和莊杏兒同一天生日，潛意識裡羨慕她而想變成她。

我晚上睡不好，深受失眠困擾，保健室老師說我的問題在於容易

緊張焦慮，若能建立自信心就可以改善。說起來簡單，做起來好難。我也想在玉茹老師的慶生會上表演，可是我沒有任何才藝，就算有，以我的個性，也是一上台就會全身僵掉。像我這樣無能的人，要建立自信談何容易？說到底，我真的很孤單，好希望有人可以幫我，和我一起面對困難。如果有一個像錢若娟那樣的姊姊就好了……

• • • • •

每逢週末不用上學，卻是我最忙碌的時候。我要幫忙做生意，有擠不完的檸檬和柳橙。好吧，反正沒有什麼課外活動要參加，也不會有人來找我玩，只好認分的顧店了。

不過，今天要達成的業績門檻非常高……

「你要賣掉一萬元的柳橙汁！」我爸說。

「這……這是要賣掉幾杯？」我不知所措的問。

「不會自己算嗎？」我爸口氣不悅的說：「都念到小六了，算術沒那麼差吧！」

我在心裡算數，一杯五十元，一瓶一百元，所以是要賣掉……

「店面要打掃乾淨！」我爸接著說：「不可以留下一絲灰塵！」要顧店做生意，還要打掃店面，只有我一個人？我不敢問出口。

「廚房也要清理！」我爸繼續下達指令：「別想摸魚。敢偷懶的話，晚上你就有得瞧！」

「你……你今天要出門？」我吶吶的說。

「你管我那麼多！」

他凶巴巴的從我身後走過去，害我全身緊繃起來。爸爸出門不在家，我的精神狀態會比較放鬆，但這也意味著只有我一個人顧店，壓力會變得爆炸大。如果有媽媽幫忙就好了，可是她已經回阿嬤家一

個月，不曉得何時才會回來……

萬事起頭難。先從擠柳橙開始好了。一杯兩百五十CC的柳橙汁賣五十元，會用掉三至四顆柳橙，要達成一萬元的營業額得賣掉……兩百杯，所以要擠六百至八百顆柳橙……媽呀，這要擠到什麼時候？就算有兩百個顧客上門，要擠幾百顆柳橙根本忙不過來，更何況還要打掃……看來我晚上慘了……怎麼辦？我快要暈倒了……

「蔡淑芬，你還好吧？」

有客人上門。看到來者，我整個人清醒過來。是我們班上最酷的女生隋雲。

「你要幹嘛？」

我口氣很衝，連我自己聽了都嚇一跳。

「買果汁，」隋雲說：「柳橙汁一杯。」

「請稍後。」我戴上手套，拿出四顆柳橙，從中間對半切開，再

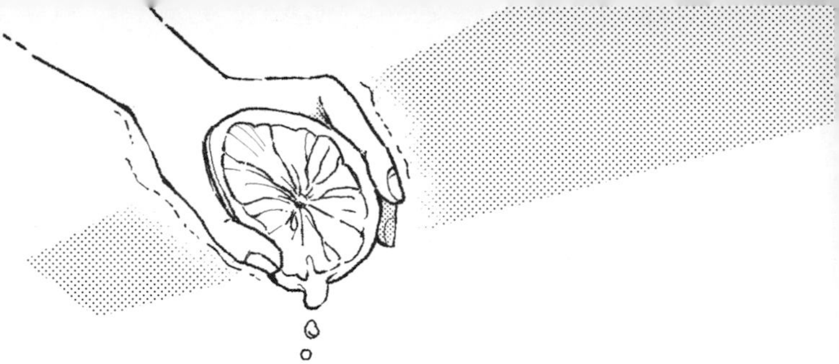

用力擠壓果皮，差不多倒滿一杯果汁的容量。

「你一個人顧店？」她邊喝邊問。

我點點頭。

「週末生意怎麼樣？」

「還不錯。」

「柳橙汁很新鮮，」隋雲稱讚：「一天可以賣幾杯？」

「今天的目標是兩百杯。」她看著我，彷彿我臉上開了一朵花。

她的視線游移，像在尋找什麼東西似的。

「我沒看到榨汁機。」

「壞了。」

上個月電動榨汁機壞了，我爸沒拿去修，也無意買一台新的，結果讓我擠柳橙擠到手指痠痛。雖然冰箱裡有六百CC一瓶的柳橙汁庫存，不過客人多半愛喝現榨果汁，還是得偏勞我的手指頭出力。

「我知道你一個人可以搞定兩百杯，」隋雲說：「但我想要請你幫忙。」

「幫忙？」我感到意外：「幫什麼忙？」

「幫我對付黃宗一，」她回答：「他認定科學是萬能的，但我想讓他踢到鐵板。」

「要怎麼做？」

「考倒他，讓他知難而退，」隋雲的眼神堅定：「八百顆柳橙，要花多少時間擠，看他怎麼過這一關。」

有意思。黃宗一在班上有如神一般的存在，我也想知道他要如何破解隋雲的挑戰。只不過，他們倆到底是敵是友？真的是霧裡看花看不透。

「他會來嗎？」

隋雲透過手機傳送訊息：「一定會。」

結果不但來了黃宗一，連王元霸、宋謙、姚夢萱、湯子怡和方逸豐也來了。

「怎麼來了這麼多人？」我說。

「我們想看隋雲和黃宗一的對決，」湯子怡說。

「我想喝你家的果汁，」姚夢萱說：「聽說非常新鮮爽口！」

王元霸和宋謙一個摩拳擦掌，另一個甩手踢腳，彷彿要上場比武較勁。

「聽說有近千顆柳橙等著我們來擠，」王元霸說。

「看我們用跆拳道擠爆它們！」宋謙說。

「你們家有微波爐嗎？」

什麼？黃宗一此話一出，眾人全都作勢跌倒。他要微波爐幹嘛？

店面後方是我家的客廳兼飯廳，微波爐就放在靠牆的壁櫥上。我指出它的所在，黃宗一指示王元霸拿幾顆柳橙放進微波爐加熱。

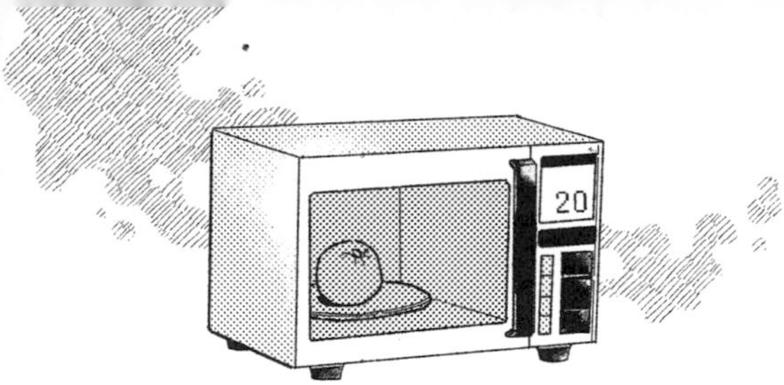

「加熱二十秒就好，然後拿出來擠。」

王元霸聽命行事，手握微波過的柳橙用力一擠，立刻湧出大量果汁，而且第三顆還沒擠完，兩百五十CC的杯子已經裝滿。

「同樣是擠四顆柳橙，如果先用微波爐預熱，大概會多出百分之四十的果汁量，」隋雲說。

「太神奇了！」方逸豐讚歎：「這是什麼科學原理？」

「用微波爐加熱，目的是軟化果皮、破壞纖維質，這樣能擠出更多柳橙汁，」黃宗一回答。

「不如把加熱時間拉長到三十秒，產量一定更多，」宋謙說。

「不行，」黃宗一反駁：「若是微波超過二十秒，或用火爐加熱，破壞的就不只是纖維質，也會破壞水果的結構，讓水果蘊含的維生素C流失殆盡。」

「這就叫偷雞不著蝕把米，」湯子怡俏皮的吐了吐舌頭。

大家開始分工合作。我和姚夢萱在櫃台招呼客人，湯子怡和方逸豐把柳橙放進微波爐加熱，王元霸和宋謙負責擠壓柳橙汁。隋雲和黃宗一不出力，但不時交頭接耳，看起來一點都不像在對決。

「賣出第五十杯，」姚夢萱宣布。

哇！沒想到生意這麼好，可能因為是週末，而且現在是正午十二點多，再加上太陽好大，讓路過的行人忍不住買一杯來解渴。

「小妹妹，你這樣不行啦。」有個二十多歲的男性顧客走回來，對著姚夢萱喃喃抱怨。

「裝太滿了，你看，果汁都灑出來了。」

「不好意思，」姚夢萱遞出紙巾說：「我再幫您添滿。」

黃宗一突然冒出來，往對方的杯子裡插了一根吸管。

「這樣一來，除非你跑步，或走得太大步，」黃宗一說：「否則應該不會再灑出來了。」

那位大哥悻悻然離開了。

「根本是來找姚夢萱搭訕的嘛，」宋謙說。

「為什麼插根吸管就不會灑出來？」湯子怡問。

「裝了果汁的杯子在移動過程中，很容易產生共振效應，晃動幅度一變大，果汁就會灑出來，」科學怪探開講：「插了吸管會破壞原來的振動頻率，使得共振效應不易發生。晃動幅度一旦變小，果汁就不會灑出來。」

「如果改插筷子呢？」姚夢萱問。

「筷子和湯匙都可以破壞原來的振動頻率。」黃宗一又說：「杯子裡裝氣泡飲料時也適用。」

「今天長知識了，」姚夢萱開心的說：「我要把這招學起來。」

當下的氣氛真是歡樂，如果我有這樣的兄弟姊妹就好了。

「我有疑問，」王元霸挑出一顆柳橙說：「這顆果皮不夠黃，萬

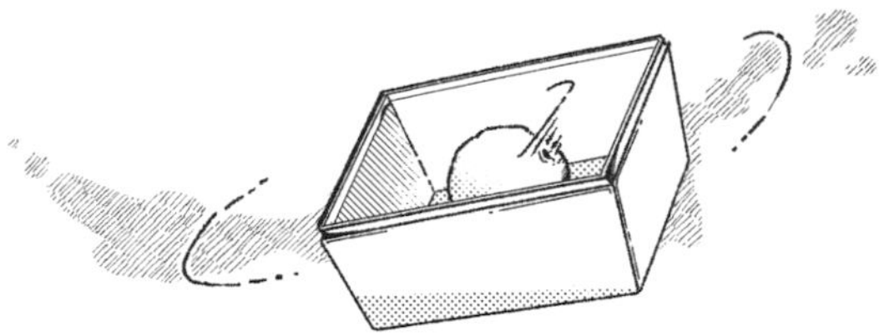

不甜怎麼辦？」

黃宗一拿起旁邊的紙盒，放進那顆疑似不甜的柳橙，開始輕輕搖晃盒子，然後將柳橙交還王元霸。

「這樣就行了，」黃宗一說。

王元霸一臉狐疑的對我說：「這顆可以給我嘗嘗看嗎？」

看到我點頭，他用力擠壓柳橙，流進杯子的果汁一入口，他馬上露出滿意的表情。

「是甜的！」

「這又是什麼魔法？」方逸豐問。

「搖晃紙盒時，裡面的柳橙撞擊盒子，使水果細胞遭到破壞，呼吸作用增強，並且釋放出乙烯，這會加速水果熟成，糖度自然會升高，酸澀味也會下降。」

「我不是很懂啦，」王元霸說：「反正就是丟到容器裡面搖一搖，對吧？」

「橘子呢？」姚夢萱問：「可以如法炮製嗎？」

「橘子和葡萄柚都可以，」黃宗一說：「但小心撞擊力道不要太大，免得把水果撞爛。」

太強了，怎麼問都難不倒黃宗一。

「請問，」我怯生生的舉手發問：「科學真的是萬能嗎？」

「科學不是萬能，」黃宗一正經八百的說：「沒有科學卻是萬萬不能。」

「哇，科學怪探在自吹自擂，」宋謙說。

「是嗎？」黃宗一轉了一下眼睛，說：「這樣叫做自吹自擂？」

哦，原來黃宗一也有這麼萌的表情。

「賣出第一百五十杯！」姚夢萱大聲宣布。

哇，真是太棒了！感謝今天的天氣很捧場，也感謝這麼多同學來幫忙，讓我度過一個前所未有的愉快週末。

・・●・・

果汁銷路很好，離兩百杯的目標愈來愈近，但即使如此，問題還是只解決了一半。

「蔡淑芬，你家除了店面以外，其他地方都沒在打掃，」王元霸講話真直接：「椅子上面都蒙了一層灰。」

「對不起，那是因為……」我一時語塞，趕緊拿抹布擦拭椅面。

「先拿水桶裝清水，再添加柔軟精，」黃宗一插嘴說。

「柔軟精？」方逸豐問：「那是洗衣服用的吧？」

「柔軟精帶有正電，加入清水攪拌，再用抹布浸泡後擦拭家具，會和灰塵的負電中和，使擦完後的家具不帶靜電，之後灰塵也就不容

易附著在桌椅、櫃子和窗台上，」黃宗一解釋。
「改用洗碗精或洗手乳行不行？」宋謙問。
「洗碗精和洗手乳也行，但成效比不過柔軟精，」黃宗一說：「柔軟精的防塵效果可以撐上一個星期。」
哇，這麼厲害！是誰發現柔軟精有這種功能？簡直是大掃除的好幫手。隋雲把人力分成兩組，宋謙和湯子怡被派去打掃客廳和廚房，其他人繼續賣果汁。
「廚房的水龍頭好髒喔！」湯子怡喊道。
我趕去廚房，看到水龍頭卡了一層汙垢。
「真是不好意思，」我說：「我自己再來想辦法處理。」
「家裡有馬鈴薯嗎？」黃宗一問。
我從冰箱拿出一顆馬鈴薯，黃宗一削了半顆，接著往削下來的馬鈴薯皮灑鹽，然後用這些馬鈴薯皮刷水龍頭。宛若變魔術似的，水龍

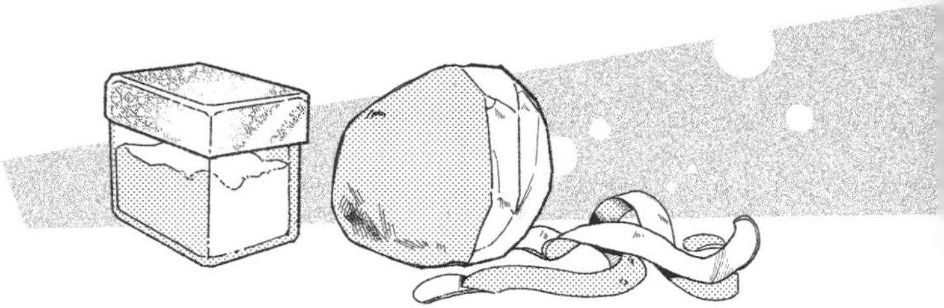

頭居然變得閃閃發亮，像新的一樣。在眾人的掌聲中，黃宗一解說他的魔法。

「廚房水龍頭會累積水漬和油垢，長久下來很難清理，」他說：「馬鈴薯含有澱粉，澱粉由葡萄糖組成，能夠吸附油垢。鹽粒則可增加磨擦力，去除油垢更有效。拿沾鹽的馬鈴薯皮擦洗水龍頭，再用清水一沖，就會變乾淨。」

「黃宗一，你的綽號可以再加上『妙管家』三個字，」方逸豐笑著說。

「『科學怪探妙管家』？太長了啦，」湯子怡搖手說。

「不然就叫『科學妙管家』？」宋謙提議。

「黃宗一的主要工作是破案，並不是打掃！」王元霸投反對票。

「那就改叫『科學妙探』如何？」姚夢萱說。

「科學妙探？不錯喔，」方逸豐附議：「『妙』比『怪』更具親和力。」

「各位同學，」黃宗一一本正經的說：「我認為我自己一點都不怪。」

「你要是不怪，天底下就沒有怪人了，」湯子怡打趣的說。

除了黃宗一之外，大家都笑了，連我也不禁嘴角失守。但即便笑了出來，我內心深處還是隱約感到不安，彷彿即將發生什麼事似的。

「還有什麼地方要打掃？」王元霸問。

「這樣就可以了，」我趕緊回應：「真的很謝謝大家。」

「我聞到燒焦味，」湯子怡說。

「有嗎？」方逸豐問。

「我很確定，」湯子怡說：「是從屋子後面傳過來的。」

「後面有什麼？」隋雲問。

「溫室，」我回答：「我爸在幫朋友種蘭花。」

湯子怡率先走出廚房後門，大夥兒跟了過去。長方體格局的玻璃溫室和主屋只隔了一條通道，出入門與廚房後門正好面對面，一眼就可以看到溫室左側那面牆已經燒了起來。湯子怡向前轉動門把，隨即回身搖頭。

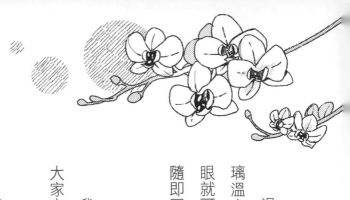

「上鎖了。」

「有別的入口嗎？」隋雲問。

我搖搖頭。王元霸二話不說，伸腳往門把一踢，木門隨即旋開，大家立刻衝進去，跑向左邊的起火處，掛在牆上的布簾燒得正旺。

「有滅火器嗎？」方逸豐問。

我還來不及回答，黃宗一已經從公事包裡拿出兩支寶特瓶，丟了其中一支給王元霸，兩人同時搖晃瓶身，再將瓶口對準布簾噴出氣體和泡沫，火勢逐漸平息。

「布簾怎麼會燒起來？」湯子怡問：「大門明明上鎖了。」

「這是一間密室吧？」宋謙說。

唯一可出入溫室的門，我爸離開時鎖上了。這座溫室的四壁都是玻璃，上方設有氣窗，蘭花盆栽多半集中在左半部，中央有三台風扇正在運轉，右側牆面的氣窗有的打開有的闔上，若要從氣窗爬進來需要人字梯，然而人字梯擺在溫室裡面。看來這的確是間密室。

隋雲的輪椅停在溫室內部的正中央，秀髮飛揚的她令人看得出神，太帥了！她抬眼環顧周遭，黃宗一則是繞著四壁遊走。最後兩人都停駐在右側牆面打開的氣窗下方。其他人跟了過去。

「那是什麼東西？」姚夢萱抬頭看著上方問。

那面氣窗的前方懸吊著一條線圈，線圈末端掛著一只圓弧狀的玻璃瓶。王元霸搬來梯子，爬上去摘下垂吊物。黃宗一檢視了線圈和瓶子，視線轉向隋雲，只見隋雲點點頭。

「別打啞謎了，」宋謙說：「快告訴我們怎麼回事。」

「這條線圈的材質是形狀記憶合金，」黃宗一邊說邊將線圈拉成直線：「記憶合金的特性是……」他從公事包取出點火器，對準那條直線點火。令人驚奇的情景發生了，直線竟然縮回原來的線圈形狀。

「它回復原狀了！」方逸豐叫道。

「所以叫做記憶合金，」隋雲說：「它記得自己原來的形狀。」

「陽光穿過氣窗照在被拉直的記憶合金上，」黃宗一繼續解說：「由於今天非常熱，再加上溫室幾乎是密室，一段時間後，被加熱的記憶合金回復成線圈形狀，把玻璃瓶往上拉。」

「垂掛玻璃瓶的目的是什麼？」姚夢萱問。

「圓弧狀的玻璃瓶等於凸透鏡，會聚集陽光而使溫度升高，」黃宗一伸手指向正對面的左側牆：「你們看，陽光經由凸透鏡照射出去，最後聚焦在……」

「左側牆的布簾上！」王元霸說。

「那是油布，」隋雲說。

「所以造成油布起火的元兇是太陽，」宋謙說。

「不對，」方逸豐提出異議：「元兇是把垂吊物掛上去的人。」

「犯人很聰明，千方百計想幫自己製造不在場證明，」黃宗一接著說：「這人對溫室的周遭環境很熟悉，而且有機會進去布置機關，甚至很想毀了溫室，所以犯人的身分可以鎖定在……」

「火勢已經撲滅了，縱火案無法成立，」隋雲打斷黃宗一的案情分析：「犯人的身分也就不用追究了。」

我轉身觀察其他人的表情，大家都跟我一樣愣住了。在這種時候，人人理當迫不及待想聽到犯人的名字，但黃宗一居然就此打住。

隨後，大夥兒重回我家主屋，在客廳統計今天的營收。

「總共賣了一百九十二杯，」姚夢萱說。

好可惜喔，我心裡小小歎息了一下，只差幾杯就達成業績目標。

「我們每人各買一杯，」方逸豐提議：「這樣的話，就有……」

「我買兩杯，」隋雲突然說。

「你們不用買，」我趕緊說：「應該是我請大家喝才對。」

「你以後再請吧，」隋雲說：「今天的目標是要達到兩百杯的營業額。」眼看大家各拿著一杯果汁離去，我心裡好感動，從出生到現在，我從未受過別人這麼大的恩情。

• • • • •

最後，只剩下我和隋雲兩人。

「我腦袋裡面要是裝了記憶合金，」我說：「或許就不會忘東忘西了。」

「你是刻意遺忘吧，因為你不想要記得，」隋雲說：「你爸是不是會打你？」我呆住了。這件事我從未告訴過任何人，而且一直隱藏得很好。隋雲怎麼會知道？

「幸好你有個姊姊，」她又說：「她對你很好，幫你很多忙。」

「我有姊姊？」我簡直不敢相信自己的耳朵。

「你有，而且我見過她，」她把一杯柳橙汁放到桌上：「這杯分她喝。」我耳邊彷彿響起轟鳴聲。我太震驚了，以至於隋雲何時離去我毫無知覺，整個人渾渾噩噩，直到我爸回來才恢復時間感。

「咦，家裡打掃過？」我爸說：「你是不是沒開店賣果汁？」

「我有賣……」我膽怯的說。

「是不是沒賣幾杯？」他板著臉孔說：「看我怎麼修理你……」

「賣了兩百杯，」我說。

「咦，怎麼變得這麼勤快又有效率……」

「爸，我是不是有個姊姊？」

不知從哪借來膽子，我突襲式的問了我爸。他過了片刻才回答。

「你本來有個姊姊，但早就沒了。」

「什麼意思？她人在哪裡？」

「死了，」他說：「你們是同卵雙胞胎，但她一出生就掛了。」

掛了？所以我真的有姊姊，只是一出生就死了，只有我活下來？

為什麼沒人告訴我這件事？為何隋雲說她見過我姊？什麼時候的事？她在騙我嗎？這到底怎麼回事？

難道是我自己忘了這一切？

「記憶」的合金置入攝氏 500 度左右的高溫中持續一段時間，也可重新塑造起始形狀。

記憶合金的應用其實相當廣泛，生活中最常見的可能是鏡框。以記憶合金做成的鏡框，即使不小心受撞擊而變形，只要放入熱水中即可恢復原狀。把記憶合金應用在太空船或飛機的金屬接頭、鉚釘上，可讓金屬接合處變得更加緊密，提升安全。醫療器材裡也運用了不少記憶合金，如血管支架、牙齒矯正器。有的記憶合金甚至可記住兩種形狀，在高溫和低溫間自動變化，帶來進一步的應用。

科學眼 記憶合金可重複變形，有的甚至可反覆改變形狀高達數百萬次。

破案之鑰

金屬為什麼能記憶？

並不是任何金屬都能記憶形狀，只有特定金屬混合而成的合金，才有記憶能力，最常見的為鎳鈦合金或銅鋁鎳合金。另外，金屬成分比例不同，特性也不一樣。

之所能夠記憶，是因為記憶合金內金屬原子的排列方式，會在不同溫度下發生改變。以 50%鎳和 50%鈦混合而成的鎳鈦合金為例，我們可在常溫下改變合金的形狀，例如把線圈拉成直線，但當溫度升高到攝氏 40 度，合金內的金屬原子會移動位置，恢復一開始的排列方式，使直線的記憶合金回復成原來的線圈狀，而攝氏 40 度就是合金的記憶溫度。

但記憶合金一開始的形狀是怎麼來的呢？是否可能改變？合金的起始形狀在高溫之下打造而成，把已具有

第十話
四騎士之夢

我的運氣真的超背。如果說我是世界上第二倒楣的人，應該不會有人自稱第一。

你想想看，有暴牙算是夠衰了吧？偏偏我還有鬥雞眼和塌鼻子，五官當中已經毀了三官，而我這張集合了三醜的臉，絕對是老天爺最失敗的作品。

我從小被人嘲笑，害我自卑到不敢笑。「暴牙亨」是我的綽號，經常有人怪腔怪調的對著我嘻笑：「暴牙暴牙，吃飯不愁。」為何不愁？因為暴牙可以刨飯、可以切肉，沒帶筷子刀叉也無妨。何文彬就三不五時捉弄我，有一次校外教學在野外用餐，何文彬拿著一瓶可樂過來，請我幫他開瓶……當時我真的氣炸了。回想起來，那時應該冷靜下來幫他開瓶，沾了我口水的可樂瓶，看他還敢不敢喝！

我曾經懷疑自己是養子，因為我爸媽的五官都很正常，可是既然要領養，應該會挑選長相比較可愛的，幹嘛挑上我這個醜不啦嘰的小

孩？難不成我是基因突變的結果？這未免也太倒楣了吧。媽媽要我學著逆向思考，她說能將暴牙、鬥雞眼和塌鼻子收集在同一張臉上，絕對是非常罕見的情況，想必一定會有很幸運的事情發生在我身上，只不過是時機未到。

真的是這樣嗎？幸運的一天何時才會到來？

・・・・・

前往學校的途中，我邊走邊盯著馬路看。機車、腳踏車、機車、公車、腳踏車、轎車……終於來了一輛轎車，車牌號碼是三八四九。三加八加四加九等於二十四，二加四等於六，是雙數，太好了！今天的運氣應該會不錯！

每天早上去學校的路上，我都會進行一套固定的儀式：看到第一輛四輪轎車時，記下它的車牌號碼，把數字加總起來，如果得出二位數，就再加總一次，直到得出個位數字為止。最後的數如果是雙數，代表當天的運氣會很好，反之若是單數，就得小心行事。為何雙數是吉、單數是凶？因為我的生日是十月十號，十是雙數而且有兩個，所以我相信雙數是我的幸運數字。

「你在笑嗎？」

好像有人在跟我講話。轉頭一看，原來是黃宗一。他穿著白衣黑褲，拿著黑色公事包，跟隔壁家的叔叔出門上班時的打扮一模一樣。

「我在笑嗎？」我回答：「應該是吧。」

「你不曉得自己臉上是什麼表情嗎？」他問道。

「我腦子在想事情，也許臉上會不經意流露出相應的神情。」

我告訴黃宗一，我每天早上會進行的日常儀式，他邊聽邊默默無語的往前走，但很突然的，他停下腳步。

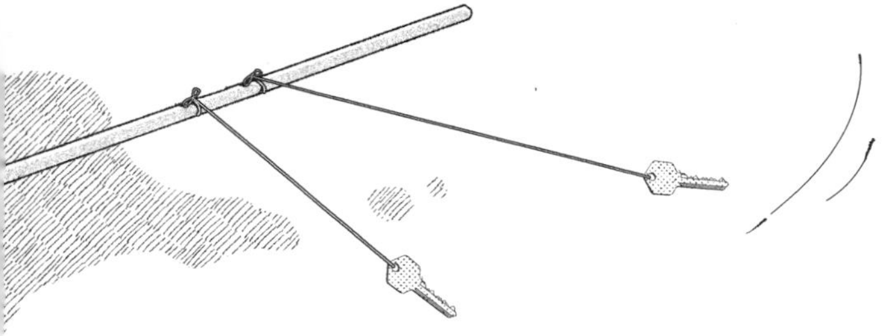

「我現在臉上是什麼表情？」他看著我問。

「看不出來，」我說：「應該沒有表情。」

「是嗎？」他走了幾步又說：「我很羨慕你。」

蛤？我反問他羨慕什麼？我才羨慕你好嗎？無所不知的科學天才、判案如神的解謎專家，我要是有你一半的功力，就對老天爺叩頭謝恩了。

「我羨慕你有想法，有感知能力，而且情緒可以表現在臉上，」他回答我。

我不懂，這有什麼好羨慕的，一點也沒什麼了不起。

「你用來揣摩天意的木條呢？」他又問。

「既然被戳破了，」我說：「那根木條不用也罷。」

「你生我的氣嗎？」

「可能吧，」我想了一下才回答：「不過現在回想起來，你說的

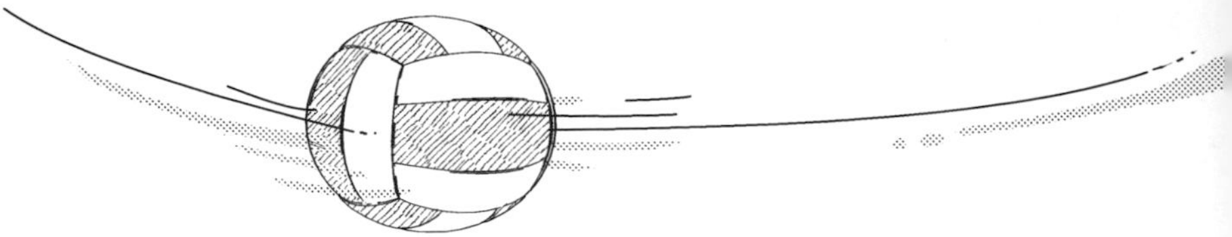

有道理，木條哪有可能揣摩天意，只是洩漏我的潛意識而已。」

「你現在進行的儀式準確度高嗎？」

「還可以，到目前為止沒出過什麼差錯。」我停頓了一下：「至少數字是隨機出現的，不會受到我身體振動頻率的影響。」

黃宗一沒回話，從他的表情實在很難推測他在想什麼。不知不覺中，我們已經走到校門口。沒料到今天早上會跟黃宗一講這麼多話，這代表今天的運氣會不錯吧？

・・・・・

今天是星期五，體育課要打躲避球。球類運動我統統不拿手，唯一願意下場玩的就是躲避球，因為不用跟別人搶球，只要會躲就有生存空間，我還滿常撐到最後才被打下場。

今天上課分組時，我和王元霸、宋謙、鄭少傑等人分到同一隊。太好了，和大砲同隊，我被轟下場的機率更低了。結果事與願違。開打沒多久，方逸豐一球打歪了，正常狀況下我連閃都不用閃就可以避開，哪知我突然絆了一跤，身體往後一倒，那顆球硬生生砸在我胸口，還反彈到我臉上。

「林仲亨出局，」玉茹老師吹著哨子說。

「暫停，」何文彬叫道：「老師，那顆球要檢查一下。」

為什麼要檢查？我愣住了。

「萬一戳到林仲亨的暴牙而破了洞，球會愈打愈沒氣。」

我氣得咬牙切齒。可惡！把我當成大鋼牙。但玉茹老師只說「比賽繼續」，就把球傳給了發球員。五分鐘過後，我在外場接到球，隨手一擲，好死不死居然打中湯子怡。

「方逸豐打中你，你打中湯子怡，」何文彬叫道：「林仲亨是存心報復來著。」

湯子怡是唯一不會對我以貌取人的女生，打到她已經很不妙了，偏偏何文彬又來搧風點火。幸好玉茹老師沒中計。

「何文彬，你再說，我就要請你去跑操場。」

砸人風波告一段落，但我已無心戀戰。體育課一結束，我立刻往教室走回去，這時突然聽見何文彬在大聲嚷嚷。

「這是什麼？」同學們一聽全都湊過去看。原來何文彬在地上撿到兩樣東西：一根長度大概四十公分、直徑約莫五公分的棕色木棍，以及一條上面寫有文字的狹長白布。

「這是在寫什麼鬼？」邱政說：「中文、英文、阿拉伯數字統統都有，但什麼意思實在看不懂。」

「你當然看不懂，這是窮人家的小孩學習寫字的變通辦法吧，」何文彬隨手丟下白布：「這木棍倒是有用途。」

「有什麼用途？」章均亞問。

「可以留給林仲亨揣摩天意，」何文彬說：「把白布剪成兩條，各自綁在木棍的兩端，就可以擺攤幫客人算命了。」

他把木棍塞給我，笑嘻嘻的走開，其他人也全走掉了。我雖然很火大，但眼前的木棍和白布條卻讓我突發奇想。

密碼。

木棍前端有個一元硬幣大的黑點。我把白布前端壓在木棍黑點上，再將白布條從棍頭一圈又一圈的纏繞到棍尾，這時候出現了一行字：「W三506ATRIL左」。

應該是密碼無誤。問題是，這行字代

表什麼意思？

我無心上課，腦子裡想了又想。要不要去問黃宗一？不行，我要靠自己的實力破解密碼。先從簡單的著手。五〇六是什麼？會不會是……公車號碼？還是五月六日？ATRIL又是什麼？有這個單字嗎？這要怎麼發音？我們班上有人叫這個名字嗎？愈想愈混亂……等一下，五〇六會不會是五年六班？上學期五年六班因為人數不足，跟五年五班合併，不過教室還在，只是空著沒使用。五年六班教室就在西廂樓的三樓……啊，我懂了！

「W」是West，「西方」的意思，指的是西廂樓，「三」當然就是三樓，至於ATRIL，雖然沒有這個英文單字，可是我上網一查，發現它原來是葡萄牙文，意思是「講桌」。

謎底已經呼之欲出：西廂樓的三樓，五年六班教室講桌的「左」邊抽屜！

下課鈴聲一響，我迫不及待衝出教室，越過操場，直往西廂樓而去。上了三樓，來到五年六班教室，我握住門把一轉，門沒上鎖。

我進入教室，輕輕關上門，裡面沒人也沒開燈，所幸講桌就在眼前。

我走到講桌旁邊，打開左側抽屜，裡頭放了一張紙。我拿出紙打開一看，上面列印著幾行文字：

山南結其蔽廬
青下返吾初服
寧田五鬥折腰
何為一瓢滿腹
昨夜西街忽轉
驚看雁度久林
詩興正當幽號

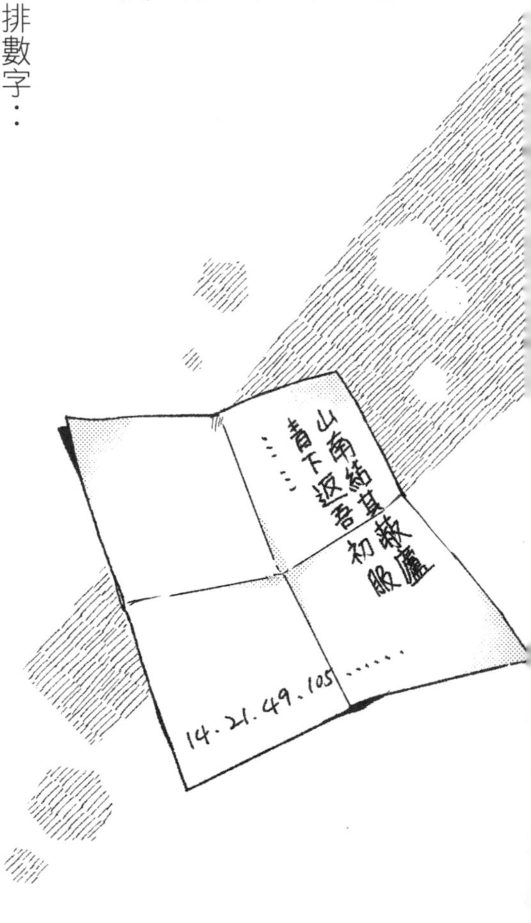

推敲韻落寒貼
棲住白雲山北
路點碧水橋東
短發開瀟暮雨
長襟落敞秋風

再下面另有一排數字：

14、21、49、105、168、217、336、581、644、952

又是密碼！

乍看之下，這十二行文謅謅的字真是莫測高深，應該是古人寫的詩詞。幸好我對密碼稍有研究，知道有所謂的藏頭詩和藏尾詩。藏頭詩是：山青寧何昨驚詩推棲路短長，好吧，看不懂意思；藏尾詩是：廬服腰腹轉林號貼北東雨風，只透露有風在吹，仍然不明其義。

我左看右看，上看下看，還是一樣沒輒，要是讀過《唐詩三百首》就好了。我把數字考慮進來，卻也行不通，第十四個字是「田」，第二十一個字是「一」，第四十九個字是「棲」，再來就沒了，這十二行古詩只有七十二個字，一〇五、一六八、二一七、三三六、五八一……等數字根本找不到對應的字。

我腦袋轉啊轉的，不知不覺走回了教室。十二行古詩加上一排數字，到底哪個是主、哪個為副？真叫人想破頭。

「你在想事情？」

咦，黃宗一什麼時候來到我坐位旁邊？

「有這麼明顯？」

「你皺著眉頭，」黃宗一說：「似乎很苦惱。」

我猶豫再三，終於下定決心。

「一串看似亂碼的數字，」我對他說：「要如何找出其中隱藏的涵義？」

「數學想要變好，就得多算題目，」他回答：「計算的功力累積愈多，可以愈快看出數字的規律性。」

說完他轉身走了。他是在建議我拿這串數字來計算？好吧，拿紙筆來試試看，十四加二十一不等於四十九，二十一加四十九也不等於一〇五，好像行不通……二十一減十四等於七，四十九減二十一等於二十八，一〇五減四十九等於五十六……差數並沒有一致。若用乘法呢？十四乘二十一是二九四，二十一乘四十九是……不用計算也知道此路不通。哎呀，我快瘋掉了，根本束手無策！正想把紙揉成一團，突然之間，我看到自己的計算結果：二十一減十四等於七，四十九減二十一等於二十八，一〇五減四十九等於五十六。

等一下，七、二十八、五十六都是七的倍數，難不成……我分析那串數字，發現它們都可以被七整除，而且最大公因數正是七。

會這麼簡單嗎？

我重新檢視那十二行古詩，以每七個字為間隔來讀取，得到的結果是青田一街久號棲點開敞。雖然有點不知所云，但可想而知，這裡用了同音異字來進行偽裝，所以正確答案是：「青田一街九號七點開場」。儘管沒有標示日期，但我猜就是今晚七點，青田一街九號會有事情發生。

縱使我是有鬥雞眼和塌鼻子的暴牙亨，這一刻黃宗一若是見到我，一定會問：「你在笑嗎？」是的，你沒看錯，我笑得可開心的呢！

我快速解決掉晚餐，衝出家門，沒搭理我媽在喊著：「要早點回來喔！」青田一街離我家有點距離，那一帶是舊社區，近年來有許多住戶外移，更慘的是餐廳收了、電影院倒了，整個街區呈現蕭條的情景。有人呼籲應該把那區列入都更重建，但前提是得先把公立圖書館遷走才行。

來到青田一街九號，我把腳踏車停好，看了一眼手錶，六點五十分，時間差不多，天色也暗了。眼前是一棟平房，外牆的磚瓦有些剝落，但除此之外維護得還不錯。周遭沒堆積垃圾或廢棄物，甚至連門前的草坪都修剪過。正面的兩扇窗戶都不透光，無法判斷室內的狀況。我走到門前，握住門把……

等一下，真的要進去嗎？會不會是騙局？一進去就被綁架？現在

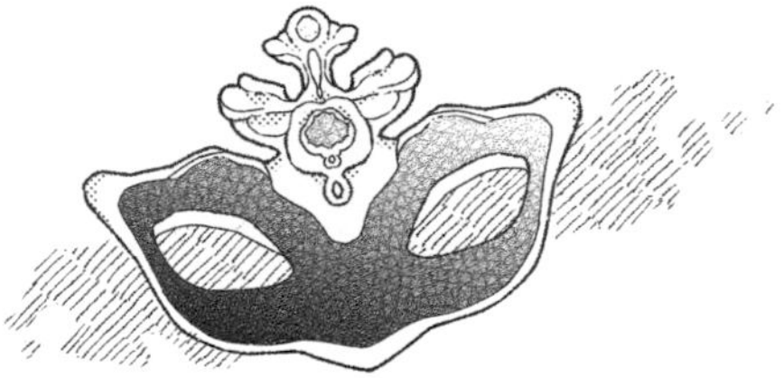

後悔還來得及……

九加七等於十六，一加六等於七，是單數，不太妙！可是今天早上看到的第一個車牌號碼是雙數，而且我還跟黃宗一講了好多話，理論上運氣應該很好才對，但體育課時我提早出局，又砸中湯子怡……

不管了，今天不進去，以後一定會後悔莫及。我轉動門把，推門進去，裡面的小前廳籠罩在昏黃的燈光下，一旁有個戴面具的黑衣人說：「歡迎光臨」，然後遞了一副面具要我戴上。他先引導我直行，再從盡頭的樓梯往下走，最後進入一個空曠的地下室。

環顧四周，只有正前方高起的舞台上打了光，其他區域一片漆黑。我不曉得有多少人在場，但感覺起來應該不多，現場有點像是票房不佳的表演場地。

逐漸適應了暗黑環境後，我察覺到這個場地不大，周遭大概只有六個人，每個人都和我一樣戴著面具。不知為何，明白大家都把真面目隱藏起來，讓我感到很安心。就在此刻，有人走上舞台。

「現在是七點整，」那人以平鋪直敘的口氣說：「在場的六位來賓通過第一關。」

「六位算多嗎？」有人發問。

「還有第二關嗎？」另一人也問：「我們聚在這裡是要幹嘛？」

「你們今天進得來，不代表以後會加入我們，」戴著面具、穿著一身黑的主講人說。

「什麼意思？」有人問：「加入你們有什麼好處？你們是誰？」

「光明四騎士，這是我們這個祕密組織的名字，」主講人回答：「我們在檯面下主持正義、鋤強扶弱。加入我們不會有任何好處，你不會成為明星，不會登上頭條新聞，事實上愈少人知道你愈好，執行祕密任務的成功率會愈高。」

「你們成立多久了？」

「今年是第四十週年，我們每隔十年會招募新血加入，我是現任四騎士之一。」

「所以你是老大？」有人說：「那你要露一手，讓我們見識你的能耐才行。」

舞台上的燈光瞬間熄滅，只聽到咯噔咯噔的腳步聲響起，接著突然有道光束從左而右水平射出，隨即朝下彎曲行進。

「怎麼可能？光線轉彎了！」有人驚呼。

太誇張了，台上的景象令我傻眼，這根本違反物理定律。光束頓時消失，聚光燈重新打在主講人身上。

「光是能量的一種傳播方式，掌控光就等於掌控能量，」他說：「控制光的行進方向，是四騎士必備的技能之一。」

黑暗再度降臨，腳步聲響起。燈光重啟時，主講人身邊出現了一張桌子，桌上放了一大盒氣球，裡面的十幾顆氣球都已吹足了氣。

主講人邊説邊舉起一顆氣球，另一手拿著細長的竹籤一戳，砰的一聲，氣球破掉了。

「這很正常……不過……」

他轉身從盒子裡取出另一顆氣球，再拿竹籤往它戳下去。

咦，不會吧！氣球居然沒破，還被那根竹籤貫穿了。

「這叫做神奇。」全場鴉雀無聲。

突然，有人發言：「我要試試看。」

主講人招手請對方上台。那個人透過面具講話的聲音扁平，難以推測實際年齡，但應該是個男生。他連戳三顆氣球全都破掉。主講人隨手拿了一顆再戳，氣球依然無恙。看起來不像動過手腳。

「在平凡之中找到神奇之處，以後你們也辦得到，」他説：「但是必須接受嚴格的訓練。」

「你們要招募多少人？」有人問。

主講人伸出三根手指頭。所以會淘汰三個人。黑暗與光明再一次輪替，這次舞台上多了一張茶几，茶几上面有根蠟燭。主講人點燃了燭火。

「火是人類文明的起源，」他說：「掌握了火，就等於掌握了世界的未來。」

他拿起氣球，放到蠟燭上方。我嚇了一跳，出於本能的摀住耳朵，結果什麼事也沒發生，氣球居然沒被燒破。

「火會造成破壞，但也可能臣服於你，只要你有真本事。」他停頓了一下：「誰可以借我幾張紙鈔？」

我口袋裡有百元鈔票，正猶豫時，已有三個人上前遞出紙鈔。

「這裡有一張百元紙鈔，以及兩張千元紙鈔，」主講人邊說邊亮出鈔票：「請注意看。」

他手持鈔票往燭火靠近，那三張紙一碰到燭火立刻燒了起來。

「喂，你要賠我！」

「毀壞鈔票是犯法的！」

主講人不為所動，繼續讓火延燒。但當火燒完時，鈔票居然毫髮無損，看得我嘖嘖稱奇。

「說明會到此為止，」他說：「各位請回吧。」

「下一關何時開始？」有人發問。

「從你們踏入這裡的那一刻起，第二關已經開始了。」

「蛤？我還東問西問問個不停……我是不是會被刷掉？」

「所有的事情，都介於會與不會之間。」

「什麼光明四騎士，你們在搞什麼鬼？」那個人的情緒似乎失控了：「躲在面具後面偷偷摸摸的傢伙，憑什麼來評斷我？」

現場無人講話，在尷尬的氛圍下，可以聽得到壓抑的呼吸聲。

「我無意評斷你，」主講人淡定的說：「能夠評斷你的人，只有

你自己。」

接下來，他做了一件驚人之舉：突然摘下面具。更令人驚訝的是，我認得這個人。

他是黃宗一！

「你們會接受第二關的考驗，」黃宗一說：「我並非主考官，而是你們未來的夥伴，祝各位好運。」他轉身沒入黑暗中。

太好了，既然有黃宗一，這就不會是一場騙局。他這麼聰明，還會控制光與火，根本就是超能力者。我真是太幸運了，居然給我碰上這種奇遇，鄭少傑一定會羨慕死我。所謂的光明四騎士，其實就是新版的假面超人嘛。這個角色太適合我了，一旦戴上面具，誰管我有暴牙和鬥雞眼，只要能打擊犯罪，就可以證明我存在的價值。我媽說得對，超幸運的一天終於到來了。我非得加入這個組織不可。

・　●　●　●　・

我興沖沖的回到家，激動的坐立難安，一直在客廳走來走去。

「兒子，你在幹嘛？」我媽說：「你先過來坐下，我要跟你談一件事……」

「媽，我跟你講一件事，但你絕對不能說出去，」我打斷她的話。

我按捺不住了，一定要找人分享才行。我從破解密碼、前往青田一街九號的地下室、得知祕密組織光明四騎士的存在、直到目睹黃宗一的超能力，一股腦兒統統說出來。我媽兩眼呆滯，嘴巴開開的，像是受到很大的衝擊。

「你說黃宗一有超能力？」突然有人厲聲吼道。

我轉頭一看，一位與我爸年紀相當的男士，正從樓梯間走下來，並對著我大聲說話。

「他就是需要你提供協助的小犬……」

我爸話還沒講完，那位先生已經朝我走過來，雙手用力抓住我的肩膀。

「你有親眼看到嗎？」他厲聲的問我。

「我看到了，」我被他的氣勢嚇到，只能呆呆回答：「你……你認識黃宗一？」

「你是在哪裡看到的？」他繼續逼問，眼睛像是快要噴火。

我說出地址，他馬上奪門而出，連聲再見也沒說。

「他……他是誰啊？」我結結巴巴的說：「口氣好……好兇。」

「他是卡激凍冰淇淋的廖總，」我爸說：「他去過你們學校的園遊會，你不認得他嗎？」

難怪我覺得他有點眼熟，可是，等一下……

「你爸今天找他來，是要請他介紹最頂尖的整型醫師，」我媽說：「以你現在的年紀，可以先進行牙齒矯正……」

我根本沒聽進我媽在說什麼。卡激凍冰淇淋的廖總……不就是攻擊志雄老師的嫌犯嗎？他會不會是壞人？為什麼要找黃宗一？不妙，我說出了說明會的地址……是不是會害到黃宗一？我的四騎士之夢會不會落空？

我今天的運氣，到底是吉還是凶？

據說這個方法曾經為凱撒大帝採用，所以有「凱撒密碼」的稱號，但現在早已廣為人知，非常容易破解。

密碼的編排方式非常多樣，而且愈演變愈複雜，有的以圖形取代文字，有的用兩個字母來取代一個字母，有的把字母改成數字，或結合不同的密碼編排方式……愈來愈難破解，也開始運用機械處理。第二次世界大戰期間德國納粹使用的恩尼格瑪密碼機，據說就設計得非常複雜，許多密碼學家投注大量心力，仍無法輕易破解，最後是與德國敵對的英國取得密碼機和密碼本，才終於能夠攔截德軍訊息，對戰事產生莫大的助益。

到了電腦科技進步的今天，密碼學的應用早已不限於軍事，而是處處可見，像是身分識別、電腦及網路安全、銀行資安……等等。我們的生活可說是早已少不了密碼。

科學眼 密碼學是關於加密和解密的科學。

破案之鑰

密碼學問多

密碼其實是一門高深學問，而且歷史悠久。這門學問的目的，是把可理解的訊息轉變成難以理解的訊號，常用在外交或軍事上。例如古希臘時代的斯巴達人，曾在軍事上使用密碼棒，製作方式是以皮革纏繞木棒，在上面寫下訊息後解開，再將皮革傳送給接收者。接收方必須擁有同樣粗細的木棒，將皮革纏妥後才能讀取正確的訊息。

另一種常見的密碼編寫方法，是以規律的方式取代文字，例如最簡單的是，把字母表偏移數個單位，得出每個字母的替代字，再把訊息裡的字母更換為替代字。

A	B	C	D	E	F	G	H	I	J	K	L	M
↕	↕	↕	↕	↕	↕	↕	↕	↕	↕	↕	↕	↕
N	O	P	Q	R	S	T	U	V	W	X	Y	Z

H	E	L	L	O
↕	↕	↕	↕	↕
U	R	Y	Y	B

▲字母表後退 13 個字母後，原字母相對應的字母如左上，所以 HELLO 的密文為 URYYB。

第十一話
輪椅少女

人生如戲，我爸常把這四個字掛在嘴邊。

既然人生就像一齣戲，所以才要扮演好自己的角色。那麼，我該演出什麼樣的角色？我爸給的建議是：忍。

忍？這是什麼意思？我需要忍什麼？是要我扮演忍者嗎？在回答這個問題之前，我爸先舉了一個典故：杜鵑不啼時怎麼辦？日本戰國時代的三位名將各有不同的做法，織田信長乾脆殺了那隻鳥，豐臣秀吉想辦法讓牠啼，德川家康則是等待牠啼叫。我知道就歷史發展的軌跡來看，最後得天下的人是德川家康。

「爸，你是要我學習忍讓，等待最佳時機的到來？」

「沒錯，你果然一點就通，」我爸點頭說：「你的個性容易情緒化，一不小心就會強出頭，所以我要你學會忍讓。」

「杜鵑不啼時，你會選擇怎麼做？」我反問我爸。

「小孩才做選擇，我會視情況而定，」我爸笑著回答：「情況無關緊要時，杜鵑啼不啼，我都無所謂，可是若有需要，我會設法讓牠啼叫。」

「比方什麼情況？」

「譬如我需要牠的叫聲來做音效，」我爸說：「不過說真的，我最佩服的人並非日本的戰國三雄，而是罹患漸凍人症的科學家史蒂芬．霍金。這個人很了不起，他哪裡都不能去，可是思考的領域卻涉及宇宙，對全世界的影響無遠弗屆。」

為了學習忍讓，我從小接受我爸的安排。他要我先學會「靜」——凡事要沉住氣，開口前先想一下，行動前先數到三——他甚至會約束我身體的活動範圍，要我學著像霍金一樣思考事情，藉此激發我大腦的潛能，以達到以靜制動、靜觀其變的境界。

當然，我難免會心生不滿，質疑自己為什麼不能跟大家一樣自由活動，這時我爸總會溫和的要我試著再忍忍，說這樣才能達到新的境界。生性不服輸的我，為了知道什麼叫做新境界，只能選擇不放棄，然而當我自覺已養成冷眼旁觀的習慣時，我開始明白我爸的用意。保持適當距離，能把事情看得較為透澈。後來我爸想卸除加諸在我身上的束縛，反而是我自己想要維持原狀。

不過，我這種獨善其身的原則，卻被一個人打破了。就因為他，我開始蹚渾水、介入別人的生活。

這個人就是黃宗一。

・●●●・

下課後我沒回家，反而繞路去了別的地方。我找到青田一街九號的所在地，那是一棟平房，推門進去後有個小前廳，黃宗一和錢若娟站在一旁，像在等候我的到來。

「這是你家？」我問黃宗一。

「算是吧，我在這裡休息，」黃宗一回答：「我們下去吧，人都到齊了。」

前廳盡頭有座樓梯，看來是要去地下室。我還沒開口詢問，錢若娟率先說話了。

「不介意的話，我可以抱你下樓。」

儘管百般不願意，但也只好這樣。錢若娟輕巧的把我從輪椅抱起來，緩步走下樓梯，轉過狹隘的通道，隨即是豁然開朗的地下室。眼前的空間像是個小劇場，舞台上有人或坐或蹲，舞台下有人倚牆而立，這些人全是我們班上的同學。室內唯一的椅子是一張搖椅，錢若娟把我放在那張椅子上。

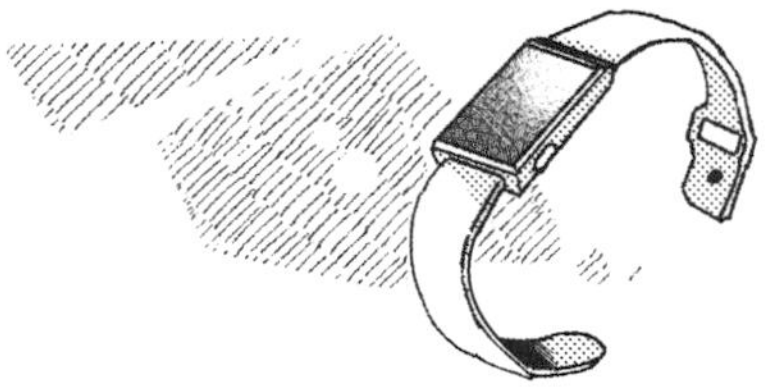

「沒想到會看見我吧？」

跟我講話的人是何文彬。這個人嘴巴很壞，行事投機取巧，但是他對志雄老師頗為信服，我並不意外他會想為老師出一口氣。

「幹嘛叫大家各自過來，」邱政說：「如果一起來，就不會有人遲到。」

「分開行動才不會令人起疑，」黃宗一說。

「叫我們來這裡集合，是要做什麼？」鄭少傑問。

「我需要大家的協助。」黃宗一說：「惡勢力的魔掌已經伸入校園，志雄老師和程校長先後遇襲，玉茹老師被調去外縣市參加研討會，有心保護我們的人都被一一排除。」

「來代課的逸凌老師呢？」湯子怡問。

「恐怕不會站在我們這邊，」黃宗一說：「下週一開始，校方要我們班的每一位同學都戴上智慧手環，逸凌老師已經同意了。」

「我媽說，全校只有我們班可以戴手環，這真是太幸運了，」方逸豐說。

「我爸也說，我們班有兩位同學先後失蹤，戴上智慧手環是為了保護其他人的安全，」姚夢萱說。

「二十四小時偵測你的行蹤，表面上是保護，實質上是在監視你的行動，」黃宗一說：「敵人知道我們在私下調查失蹤案的內幕。」

「你的意思是說，之所以要我們戴上智慧手環，是因為我們離真相很近了？」邱政問。

「我們？」何文彬撇著嘴說：「你還真敢講，離真相很近的其實是黃宗一和隋雲。」

「下週一開始，我們的行蹤會受到嚴格監控，」黃宗一又說：「所以事不宜遲，我們得趕快採取行動。」

「等一下，」蕭莉玲舉手發問。「你所謂的敵人到底是誰？」

「卡激凍冰淇淋的廖總裁，」黃宗一回答。

「因為他攻擊志雄老師，你就認定他是幕後大魔王？」章均亞提出質疑。

「廖總裁以經營冰淇淋連鎖店為名目，暗地裡進行人體器官買賣，」黃宗一說：「為了尋找合適的目標，他刻意與本地的毒販掛勾，藉由提供毒品給青少年來讓吸食者沉淪，最後任由犯罪組織予取予求。另一方面，他和房地產業者合作，以卑劣的手段打擊房價、逼迫住戶遷移，目的是要把本地打造成人體器官移植的總部。」

現場陷入一片沉寂。黃宗一把事情講得這麼直白、篤定，也難怪大家不知所措。

「你有證據嗎？」邱政問。

「我已掌握到廖總裁的金流，確認他和幸福糖果屋，還有大中開發建設，有財務上的往來，」黃宗一說。

「這種東西你也查得到，你真的是小學生嗎？」邱政不敢置信。

「但是，我始終查不出執行人體器官移植手術的地點在哪裡。少了這項直接證據，要將廖總裁定罪就很難了，他可以指使下面的部屬頂罪，」黃宗一接著說，並且看了我一眼。

我明白，我也查不出手術室的所在。我曾以為卡激凍冰淇淋專賣店或許有地下冰庫，結果並沒有。

「綁架小孩來進行人體器官移植，這麼殘忍的事情也做得出來，一定要將他繩之以法！」鄭少傑說。

「廖宏翔知道他爸的真面目嗎？」姚夢萱問。

「他應該一無所知，」黃宗一說：「不過，他知道他父親在調查我的背景。」

「什麼？這樣你不是有生命危險？」湯子怡說。

「不用擔心，我不會有生命危險。」

「太狂了吧，」何文彬說：「就算你絕頂聰明，終究跟我們一樣是人。」

黃宗一似乎愣了一下。

「聽到你這麼說，我很開心。」他繼續往下說：「總之，今天是星期四，我們剩下的時間不多了。」

「廖總裁這幾天有什麼行程？他會去學校嗎？」錢若娟問。

「不會，但他明天晚上會去林仲亨家，」黃宗一說：「林仲亨的父親是地方上的縣議員。」

「喔，搞政商關係啊，」邱政說。

「對了，林仲亨已經拋棄使用具有共振效應的木條，」章均亞說：「他改用鉛筆來揣摩天意。」

「鉛筆？怎麼玩？」何文彬問。

「六角形的鉛筆有六面，他在每一面依序刻了1、2、3、A、

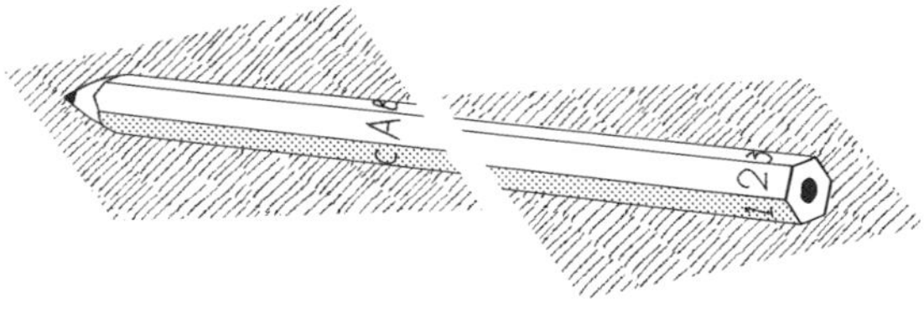

B、C等字樣。」

「我懂了，」何文彬搶先發言：「考試的時候不曉得答案就轉動鉛筆，轉到哪一面，就把出現的數字或字母填入空格。」

「我注意到他在讀有關密碼的書籍，」方逸豐也說。

密碼？林仲亨對於解謎應該很熱中。

「重點不是林仲亨吧！」邱政說：「我們應該分組去跟蹤廖總裁，設法找出手術室的所在地。」

「要跟蹤他沒那麼容易，」黃宗一反駁：「況且他不是醫師，不可能親自進行移植手術，骯髒的事情他根本不必沾手。」

「難啊，只剩下三天的時間……」宋謙說。

「林仲亨可以成為重點，我們可以利用他。」

全場的目光都投向我這邊。我又來了，忍不住又插手介入。

「那要怎麼做？」何文彬問：「你是要用他的暴牙，把廖總裁引出來嗎？」

「你玩過密碼嗎？」我問，不理會他的發言。

「這個我不行，」何文彬說：「一堆文字和數字湊在一起，字裡行間隱藏著訊息，玩這個我的腦細胞會死光光。」

他這番話讓好些人發笑。

「林仲亨對密碼有興趣，」我說：「他偏愛解謎、喜歡追根究柢，這種人對自己找到的答案深信不疑。」

「所以咧？」宋謙問。

「我們來演一齣戲，」我提議道。

「我要演女主角，」章均亞立刻附議。

「這齣戲是眾星拱月，但沒有女主角，」我說：「我們都是配角，只有林仲亨是男主角。」

「劇情是什麼？」蕭莉玲問。

「林仲亨無意間取得一連串密碼，破解密碼後他找到某個地點，比方說是這個地下室好了，他在這裡目睹了驚人的祕密。以他長期遭受漠視的性格來看，一定會忍不住想要跟人分享，所以一回家就會說出口，結果被廖總裁當場聽到……」

「哪來的驚人祕密？」章均亞問。

「我是超能力者，」黃宗一說。

「你真的是超能力者？」鄭少傑驚訝的說。

「這只是劇情設定，」我說：「廖總裁做人體器官買賣，一定會認為超能

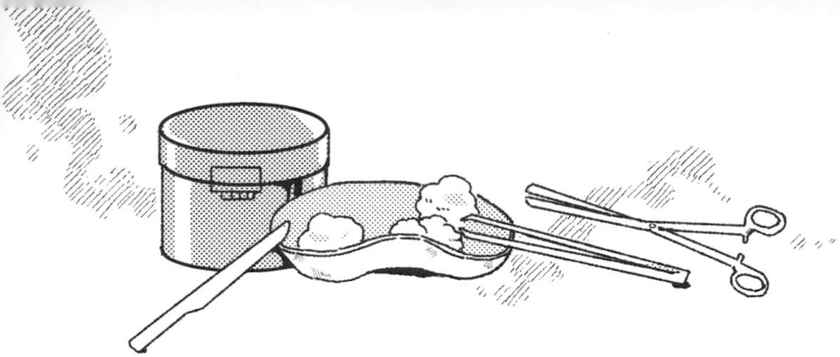

力者的器官奇貨可居，他會馬上趕來生擒活捉黃宗一，這麼一來，黃宗一就有機會得知移植手術的大本營在哪裡。」

「可是，進入敵營的黃宗一會有危險，」姚夢萱說。

「我不會有事的，」黃宗一說。

「電影裡面的善惡對峙，正派成員當中常會有一名駭客，」邱政說：「可是我們沒有人精通電腦技術。」

「這部分我會搞定。」黃宗一說。

「那驚人的祕密呢？」湯子怡問：「如何讓林仲亨相信你是超能力者？」

「我會表演四套魔術，」黃宗一說：「利用昏暗的舞台效果，可以讓林仲亨誤以為我能控制光的行進和火的殺傷力。」

「沒大人在場，玩火不太好吧？」邱政說。

「我變的是科學魔術，風險不高，而且我會很小心。」

黃宗一簡單敘述他的魔術戲法。光是聽他口述，就很令人期待。

「太酷了，換成我也會信以為真，」何文彬說。

「到時候你要記得閉上嘴巴，不要大叫『教我』就好，」章均亞揶揄他。

「所有人分為演員組和舞台道具組，我會設計好劇情和密碼，晚上發給大家。明天就是開演日，請各位盡快做好準備。」

「請問我要做什麼？」王元霸第一次開口：「聽了半天，我不曉得自己能幫什麼忙。」

「有十幾顆氣球要麻煩你吹飽，」我說：「最重要的是，戲演完時，所有人都要退場，只有你和黃宗一留下來。黃宗一要等廖總裁來抓他，你要躲在暗處保護黃宗一，以防廖總裁突然痛下毒手。」

「沒問題，」王元霸拍胸脯說。

「我們這齣戲有名字嗎？」錢若娟問我。

「請君入甕，」我看著黃宗一回答，只見他一臉淡定，似乎一點也不擔憂後果如何。但願大家都把自己的角色扮演好，別讓這齣戲發生突發狀況。

・・・・・

隔天是星期五，參與其中的同學全員就定位，一切都按照劇本走。第一組密碼比較簡單，林仲亨很快就破解了，第二組密碼難倒了他，幸好在黃宗一的提示下也解開了。

晚間七點以後的說明會很順利，沒有人脫稿演出，四套科學魔術的視覺效果非常驚人。從林仲亨如癡如醉的表情來看，就知道他已經上鉤，而我們的目標廖總裁也吞下了誘餌，還不到八點半就趕來地下室把黃宗一抓走，隨後王元霸過來跟我們會合。

「哇，空間好大，」他一上車就說：「這是你家的車嗎？」

「是我爸借來的，」我回答。

「你爸在電視台上班？」章均亞問：「這很像是新聞轉播車。」

「我倒覺得比較像警方的特勤車，」邱政看著車上的螢幕說：「車內兩側設有通訊設備，而且可以坐上十幾個人。」

我沒有接腔，全神貫注的緊盯著螢幕看。深色背景中有個閃爍的亮點，但只移動一下下就停住了。

「你有親眼目睹黃宗一被抓

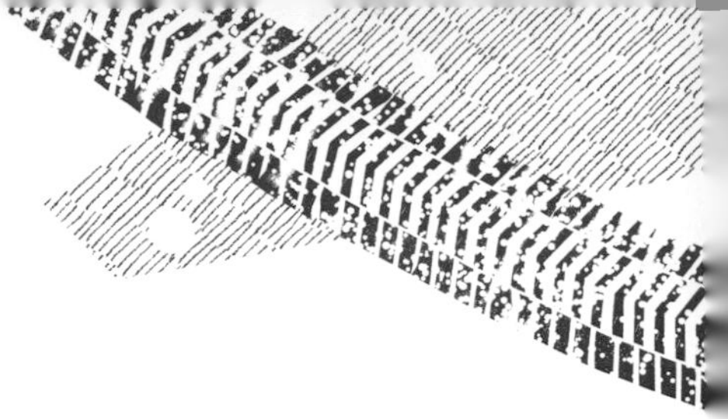

走嗎？」我問王元霸。

「有啊，」王元霸回答：「廖總裁的兩個手下，一左一右的把黃宗一架上黑色廂型車。」

這樣的話，我放在黃宗一身上的定位追蹤器可能露餡了。

「廂型車往哪邊開？」

「出了巷口往右轉，然後直行。」

「我們跟上去，」我說：「以黃宗一的機智，他會設法留下線索讓我們追蹤。」

「大叔，拜託你開快一點，」王元霸朝著駕駛座的方向說：「我們班的同學可能有麻煩了。」

「了解。」駕駛座傳來一聲簡單的回應，接著車子立刻啟動前進。一到分岔路口，我們停車下來檢查地面上的胎痕，但實在很難判斷廂型車的行蹤。就這樣走走停停過了三十分鐘，我們依然毫無頭緒，很多人開始像熱鍋上的螞蟻焦躁不安。

「這樣下去不行，」蕭莉玲說：「邱政，趕快聯絡你爸！」

「行不通啦，」邱政說：「早就跟你們說要先找駭客幫忙。」

「你們要幹嘛？」錢若娟攔住王元霸問。

王元霸和宋謙、鄭少傑正往車門移動。

「我們要下車，然後分頭去找人。」

「我跟你們走，」錢若娟。

「我也一起去，」湯子怡說：「我試著聞聞看哪個方向有危險的氣味。」

「別自亂陣腳，」我說：「要相信黃宗一。」

「那現在怎麼辦？」方逸豐問。

「忍住，等待。」

說起來簡單，要等多久卻是未知數，真是一種煎熬。

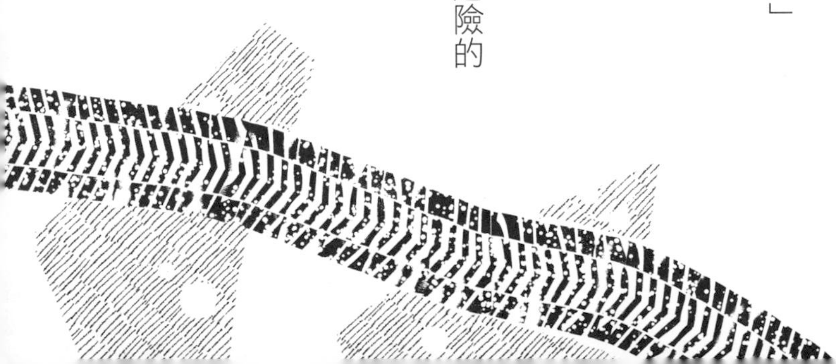

「我的平台開始直播了！」章均亞突然大叫。

「什麼時候你還玩直播！」何文彬罵道。

「是它自己啟動的，」章均亞亮出手機說：「而且廖總裁就出現在畫面中！」

我靈機一動，將車上的通訊設備連接到電視頻道，結果發現每一台新聞頻道都出現了廖總裁的正面身影。他正朝著鏡頭的方向前進，接著停下腳步，整個螢幕剛好被他的上半身占滿。看到他開口講話，我趕緊調大音量。

「你知道我是誰嗎？」廖總裁問。

「你是哪位？」這是黃宗一的聲音。他身上大概藏了小型攝影機，所以只有廖總裁一個人入鏡。

「看來你不太喜歡吃卡激凍冰淇淋，我是這個品牌的老闆，曾經去過你們學校參訪。」

「你就是那位廖總裁。」
「原來大名鼎鼎的黃宗一，不過是個普通小鬼。」
「你抓我過來，就是想看看我的長相？」
「我一直很好奇，天才的腦袋到底裝了什麼，為什麼可以想出改變人類歷史的點子。我真心認為，天才的大腦需要被解剖研究，這對人類的未來會有很大的啟發，政府應該立法通過這一類法案。」
「死前解剖，還是死後解剖？」
「你果然是聰明人，」廖總裁首度展現笑意：「死後解剖是一般做法，而且不會違背人權，可是這樣做沒有意義，人一死腦神經還能運作嗎？唯有死前解剖，才有辦法查出天才大腦所擁有的奧祕。」
「除非取得當事人同意，否則死前解剖是犯罪的行為。」
黃宗一何必跟他東拉西扯，還不趕快說出他的所在位置。螢幕中的地點不像手術室，那是什麼地方我毫無頭緒。

「要成大事，不必拘泥於瑣碎的法律條文。」

「成大事？你不是賣冰淇淋的嗎？」

廖總裁臉上閃過一絲猙獰的神情。

「做我這一行的，有件事非常清楚，那就是凡事不能只看表面。有的東西外表非常稀鬆平常，實際上卻價值連城。你知道那是什麼東西嗎？」

「總不會是冰淇淋吧？」

「你在故作鎮定，」廖總裁微微一笑：「答案是人體器官。你萬萬想不到，俊男美女的體內器官可能不堪使用，反而是平庸路人的器官，功能超級讚。」

「賣冰淇淋的可以領悟這個道理，也算是一項成就。」

我細看螢幕背景，仍是一無所獲。不曉得黃宗一在耍什麼把戲，可是一直拖下去也不是辦法。

「好像有個聲音，」蕭莉玲指著螢幕說。

「聲音？」我閉眼聆聽。除了兩人的對話，螢幕中依稀有個噪音，雖然非常小聲，但確實存在，很像是某種……

噗噗！車內突然響起了連環屁。

「啪謝，我放屁，」王元霸很尷尬的坦承。

「又來了，」鄭少傑說：「那一次去古屋探險，也是你放屁！」

「我一緊張就會放屁嘛。」

對了，我想到了，這種有如鬼哭神號的轟鳴聲，只有那裡才有。

「黃宗一在古屋那邊，」我說：「我們馬上去古屋那個社區。」

話還沒說完，車子已經啟動出發。

畫面中的廖總裁還在高談闊論。

「別以為我做這門生意是要賺錢，其實我的初衷是改變世界、造福人類。我原本是想研究大腦的奧祕，後來才順便把優良器官移植到有需要的人身上。」

「你做哪一門生意？」

「人體器官移植，」廖總裁挺起胸膛說。

「那你有必要綁架小孩嗎？」

「有市場就有需求，」廖總裁歎了口氣：「並非每個小孩一出生就是健康無虞。」

「你承認了，終於聽到你親口說出來。」

「那又怎樣？你終究會知道的。」廖總裁停頓了一下：「黃宗一，你放心，我會請最厲害的團隊好好研究你的大腦，不會讓你的天分白白浪費掉。至於你的超能力，我相信源頭應該跟你的大腦有關，我會高價賣掉你的其他器官，再把這筆經費投入你的大腦開發企畫案中。這不是很完美的循環嗎？」

「很抱歉，我不是超能力者。」

「你否認也沒用，我已經找到你了。」

「不是你找到我，而是我們找到你。」

「我們？」廖總裁一臉茫然不解。

「我們六年一班的同學，還有全世界反對人體器官買賣的正義之士，」黃宗一說。

「老闆，你看！」廖總裁的手下遞出手機：「好多頻道都在直播你們的對談。」

「怎麼會這樣？」他臉色大變：「那我剛才講的話……」

「應該滿多人都聽到了，」黃宗一說。

廖總裁朝著鏡頭伸手，螢幕立刻晃動起來。

「攝影機呢？到底藏在哪裡？」

「沒用的，你的真面目已經曝光了。」

螢幕突然停止晃動，廖總裁後退了兩步。

「你以為這樣就算逮到我嗎？沒有證據，警方也奈何不了我。」

他轉身對手下說：「打開所有電源，把這裡全炸了。」

「這個小鬼呢？要帶他走嗎？」

「把他關在這裡等死，」廖總裁說：「他身上藏有追蹤器，帶他走會暴露我們的行蹤。」

「這麼大的社區，很難一下子全炸掉吧？」黃宗一說。

「不用你操心，我早已做了最壞的打算，」廖總裁露出得意的笑容：「只要啟動一枚定時炸彈，就可以毀了整個社區，到時候什麼都不留，包括你的天才大腦。」

「你們來得及離開嗎？」

「五分鐘後引爆。好好享受你最後的時光吧！」

廖總裁轉身出鏡。

五分鐘！糟糕，我們趕得上嗎？

「三分鐘後抵達，」司機邊說邊加速狂飆。

「跟他拚了，」王元霸說。

「等一下，」邱政說：「我們要去送死嗎？」

「我們要去救黃宗一！」蕭莉玲說。

「他跟隋雲一定會阻止炸彈引爆的！」姚夢萱也說。

只有兩分鐘可以阻止這場浩劫。炸彈會藏在哪裡？黃宗一會怎麼做？大腦趕快動起來！

突然之間，鏗鏗鏘鏘的撞擊聲連番響起，車身劇烈一晃，隨即繼

續爬坡前行。

「大叔，剛才怎麼回事？」何文彬問。

「我們的車頭先撞開鐵柵欄，又撞翻對向開過來的廂型車。」

「帥喔，是廖總裁的車，他們完蛋了，」宋謙說。

這時車子緊急煞住，大家趕緊衝下車。一片漆黑的社區，唯有最上方的屋子透著亮光，再上面就是那座會發出鬼哭神號怪聲的水塔……我腦中靈光一閃……廖總裁為何下令「打開所有電源」？這句話給了我提示。炸彈八成裝在水塔上，一旦炸裂水塔，大量的水會傾巢而出，往下流竄。當水淹過戶外的變電箱，可能引發一連串的爆炸，造成大火，甚至導致觸電。

「錢若娟、王元霸、宋謙，你們回頭去查看廖總裁的狀況，找找看有沒有引爆器，別讓他們逃走。」我下達指令：「爸，拜託你去有亮燈的屋子，黃宗一應該被關在那裡。」

「爸？」方逸豐錯愕的說：「這位大叔是你爸？不是司機？」

其他人也呆若木雞，但我無暇加以解釋。車子用最快的速度開往社區上方。

「鄭少傑，你盡快推我到水塔那邊。」

不僅是鄭少傑，大夥兒一起出力把我推上坡道。

來到水塔前，即便在暗夜中，這座龐然大物依然顯得十分凶惡。問題是，炸彈真的裝設在這裡嗎？萬一我猜錯了，大家會命葬於此。

「炸彈在水塔上面嗎？」何文彬說：「我快跑上去關掉它？」

「來不及了，只剩三十秒，」我邊說邊回頭，沒看到錢若娟他們的人影，只見黃宗一和我爸兩人站在屋外。

我爸跟我點了點頭，看來只剩下那個辦法了。我爸曾經叮嚀過，機會只有一次，不到最後關頭絕不輕易使用。好吧，我摁下輪椅上的按鍵，椅子上半部隨即整個向上噴出，我也跟著一飛沖天。

咻——

才剛升到水塔上空，我趁機縱身一跳，輕盈的落在水塔上面，一個很像鬧鐘的黑盒子出現在眼前。我迅速一撈，甩臂將盒子猛力一擲，然後立刻趴下摀住耳朵。浩瀚的天空立刻響起爆炸聲，卻缺了五彩繽紛的煙火秀。

好險，危機解除。我像在攀岩似的爬下水塔，步下迴旋樓梯，一堆人目瞪口呆的看著我。

「你可以走路？」「你會飛？」「你不用坐輪椅？」「你騙了我們這麼久？」……眾人七嘴八舌紛紛搶著說話，但我沒理會大家，反而直接走到黃宗一面前。

「你看起來沒事。」

「我沒事，」黃宗一還是一副氣定神閒的模樣：「其實你們不用追過來，我不希望你們出事。」

我突然想通了。

「你故意把追蹤器丟掉？」

黃宗一點點頭。

「抓到廖總裁是我的職責所在，萬一有什麼閃失，你們不必跟著犧牲。」

我聽了一肚子火。

「你就可以犧牲自己？你有這麼偉大？」

他抬頭望著水塔。

「原來你的輪椅暗藏機關。」

「那是我爸借來的。」

「你旁邊那位大叔就是隋雲的爸爸，」蕭莉玲插嘴道。

「伯父您好，」黃宗一轉身向我爸躬身行禮：「請問您從事什麼行業？」

「我是拍電影的，」我爸回答：「我要把你們的冒險歷程搬上大銀幕！」這位導演居然看起來樂不可支。

「我可以正常行動，你好像不是很驚訝，」我問黃宗一。

「通常下肢癱瘓的人，腿部肌肉會明顯萎縮，」他回答：「可是你並沒有。」原來他早就注意到了。放學後或是放假時，我可是很努力在鍛鍊自己的身體。

就在此刻，錢若娟他們三人回來了。

「那些人全都受了傷，但暫時還死不了，」錢若娟說。

「其實，廖總裁的論調也不無道理，」何文彬冷不防的說。

「不！再怎麼狡辯，都無法抹滅他犯罪的本質，」黃宗一說。

「說得好。」邱政走過來，對著我說：「不用再低頭看你，感覺很不習慣欸。」他停頓一下，又說：「我跟我爸聯絡上了，警方已經上路趕來，廖總裁絕對逃不掉的。」

他依序看著我和黃宗一：「一個視死如歸，另一個像鋼鐵人騰空飛起來，會不會太誇張了，你們倆真的是小學生嗎？」

我看著黃宗一，心裡一堆疑問。

這個年紀跟我差不多的男孩，面對生死關頭為何這麼沉得住氣？你到底是誰？你究竟是何方神聖？

請注意！
做這些實驗時
務必小心，要
有大人在旁！
水
▲鈔票在 50% 酒精中浸過

最後，為什麼用竹籤戳氣球，氣球卻不會破呢？氣球被戳破，是因為表面產生空隙，使球內空氣在彈力壓迫下急速從空隙湧出，於是「砰」的一聲氣球就破了。如果戳入的竹籤不在氣球表面製造出縫隙，氣球也就不會破。但如何辦到？位置很重要。氣球嘴和氣球底部顏色較深的地方，氣球皮不是繃得那麼緊，較不容易破裂，在附近塗抹凡士林，可以減少竹籤戳入時的磨擦力，讓竹籤和氣球皮緊密接觸，因此不會產生縫隙。所以你瞧，即使竹籤戳入氣球，氣球也不會破！

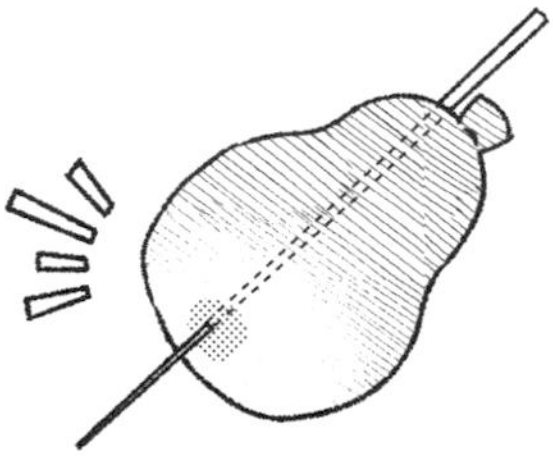
▲在竹籤戳入及戳出的位置上塗抹凡士林

科學眼 事出必有因！神奇的事不代表超能力，背後必有發生的原因。

破案之鑰

火和光要如何控制？

答案無他，正是「科學」二字！

先說說如何讓光線彎曲。在寶特瓶中裝滿水，鎖上瓶蓋，以細針在瓶身下方鑽一個小洞。打開手電筒，從小洞對面的瓶身直直照射，同時打開瓶蓋，水會從小洞流出，此時可看到光線直射小洞後跟著水流彎曲了！這是因為光遇到水和空氣交界面時不斷被反射回來（參見第五集第190頁的全反射），和光纖的原理一樣。

在燒不壞的紙鈔和燒不破的氣球中，受到控制的並不是火，而是因為紙鈔事先浸過水和酒精，酒精易燃，水則保護紙鈔不起火；至於氣球，裡面其實裝有少量的水，水可吸收來自火的熱，變成水蒸氣，而留在氣球底部的水可讓氣球維持較低的溫度，因此不會燒破。

Note

第十二話

科學怪探的祕密

我不能隨心所欲。

正確的說法是，我沒有心。

我所採取的行動完全是目標導向：被調派工作、執行計畫、完成任務。每一次都是同樣的流程。而這次的工作目標，是要找出販毒組織的分據點。

根據線報指出，國內勢力最龐大的毒梟已在各縣市成立分據點，試圖藉由休閒零食的通路，讓毒品以包裝化零嘴的形式流入校園。那些較無定性的青少年一旦誤觸毒品，想要回頭就難了。這正是販毒組織的如意算盤——讓毒品侵蝕校園並且普及化。青少年一試成主顧後，將一輩子無法擺脫毒品的殘害。

這一次的任務，上級授命我前往小學臥底，一方面查證小學生吸食毒品的現況，另一方面找出毒販分據點的所在。我獨自上任、查明一切、回報上級，然後孤身離開，原本應該是個簡單的任務，可是結果卻出乎意料之外。

儘管我表面上看起來一樣，但體內已起了變化。

改變的契機，就發生在那一天、跟那一個人交手開始。

・・●・・

我轉學過去的第一天，班上發生了笛子失竊案。由於我的身分絕不能暴露，公事包萬萬不能被任何人打開，為了盡快平息爭端，我只好介入調查，推論出小偷的真面目。沒料到的是，竟然有個人只憑一句話，就知道竊犯是誰。

隋雲。

當下我就明白，此人會是強勁的對手。這個女生面無表情，但行為舉止隱約帶著一股難以解讀的意味。她坐在輪椅上，卻沒有自卑自憐的神情。這裡頭有點古怪。我決定從她身上展開調查，後來得知她有時坐著輪椅上下學，有時由廂型車接送，父親從事「自由業」，總括而言，實在看不出其中有詐。

有一就有二，無三不成禮。這句話果真不假。我接二連三介入班上的事件，解開一連串難題，同時與隋雲互相較勁。

那一次的古屋探險，在水塔內部的地上有兩道平行壓痕，暗示著坐輪椅的隋雲進來過。但是迴旋樓梯和狹隘的塔內空間，不可能讓輪椅通行無阻。根據奧卡姆剃刀原理指出，愈簡單愈接近真理，我不禁認為最簡單的解答就是隋雲並非身障者。我推想她早我們一步進入水塔，在地面留下「鬼火」二字，而且故布疑陣製造假胎痕，藉此向我下達挑戰書。

由此可見，對於我們倆的對決，隋雲應該是樂在其中，但她也因此露了餡。

雖然我不清楚她為何要坐輪椅，不過我們仍然成為合作夥伴。不對，正確的說法是，我們大家——六年一班的所有同學——一起攜手合作，調查綁架案的真相。

• • • • •

從獨自調查到集體查案，是我始料未及的發展。我的工作是要懷疑一切，班上同學有沒有人吸毒？是否直接或間接涉及販毒行為？我統統都要心存質疑。

透過明查暗訪，我了解了每個同學的私人狀況。錢若娟要幫忙照顧弟弟妹妹，王元霸很認真在學跆拳道，卓伯康要思索冰店的存亡，即便是人緣不佳的馬玉珍和何文彬，他們私底下也很努力想要減輕家裡的經濟負擔。縱使何文彬的做法有時遊走於法律邊緣，但我可以確信，我的同學無人吸毒，也跟販毒完全無關。

了解一個人，就會開始關注對方，知道他們懷抱什麼樣的夢想。章均亞有明星夢、廖宏翔想跳芭蕾舞、把我當成假想敵的邱政想要當神探，但問題是，我並非真正的神探，我的推理只不過是一連串程式的運算。觀察大家流露的情緒，我試著解析每個人的表情，原來這樣是開心、憤怒，那樣是悲傷、訝異……不知為何，我體內產生一股異樣的波動流竄……

看著鏡中的自己，我試著皺眉頭、瞇眼睛，或是牽動嘴角，卻感受不到一絲情緒……那麼這股波動是什麼？莫非是因為我羨慕他們，能夠自由表達內在的情感？

也或許這股波動讓我體內產生變化，我首度違逆上級的命令，插手權限以外的案子。劉孟華失蹤時，我曾向上級呈報這起綁架案，但得到的回覆是「只要專注在緝毒案」。所以正確來說，我後來的舉動，跟何文彬一樣，是走在違規的邊緣上。但也因為抗命，才揪出了一連串真相。

・・・・・

劉孟華之所以遭到綁架，起因是他的血型是非常罕見的Rh陰性，由於物以稀為貴，他的身價在人體器官買賣市場上跟著水漲船高。然而，這完全是誤會一場，擁有Rh陰性血型的人其實是張旋。

鎮上有家青田醫院，在一年半前結束營運，它的資料庫系統與其他醫院合併時遺失了部分檔案，由院方工作人員重新輸入資料，卻不慎犯下人為疏失，誤將張旋的個資鍵入劉孟華的檔案，結果陰錯陽差造成犯罪集團綁錯人。

只要抽血檢驗，當下就會明白綁錯對象。查明真相後，犯罪集團立刻派人跟蹤張旋，然後趁機送走體弱多病且行情不高的劉孟華，並且換走張旋。掉包的地點，章均亞曾在直播中夜訪過。那邊的暗門一到晚上就會開鎖，進去之後可通往幸福糖果屋的後門，熟門熟路的吸毒者都從那裡進出買毒。我曾經夜探幸福糖果屋蒐集資料，卻不巧被當場撞見，他們以為把我處理掉了，殊不知我是不死之身。

不過，起初綁架劉孟華的人其實是蔡淑芬，更正確的說法是蔡淑芬的姊姊。由於童年遭受創傷，蔡淑芬發展出雙重人格，主人格懦弱沉默、不敢面對一切，這也是我們班上同學熟悉的一面。但在某種誘因下，蔡淑芬會出現另一個自由奔放、見義勇為的人格，這個副人格猶如大姊般幫她出聲、替她出氣。也許因為同「病」相憐，這位大姊知道劉孟華在家裡是受氣包，於是化名為「青鳥」慫恿他離家出走，並且在玉茹老師慶生會上，以蒙面人的姿態提供他離家的協助。不巧的是，他們的行動被犯罪集團半途攔截，最終導致劉孟華下落不明。

如今，劉孟華和張旋皆已尋獲，兩人平安歸來，劉孟華是器官不被看中，而張旋是很幸運尚未失去任何器官。幕後主謀廖總裁已經落網，他以卡激凍冰淇淋專賣店為掩護，從事人體器官買賣的非法勾當。我和六年一班的同學合演了一齣戲，設下請君入甕的局，誘使廖總裁坦承自己的罪行，他不曉得我的眼球具備攝錄及播放功能，以至於他大放厥詞的經過，在各大新聞頻道全程直播。與廖總裁聯手作惡的幸福糖果屋也全員被捕。

我的工作順利完成。

如果可以這麼說的話，我很慶幸能接下這次的任務。

．．．．．

歸根究柢，如果當初沒有出現那個契機，如果那天笛子沒有被偷，如果沒有人硬要檢查我的公事包，如果沒有人一句話就戳破竊犯的心防，是不是今天會有不一樣的局面？

最重要的還是那個女生，和她多次交手的過程中，我逐漸學會理解他人，最終與班上同學站在同一陣線。至今唯一不解的是，我還是不明白人類如何聽得懂動物的語言，對我而言，這是天大的謎團。

對了，廖宏翔搬家了，他父親的惡行一曝光，他們家很難在鎮上生活，但往好處想，或許他可以去跳芭蕾舞了。卡激凍冰淇淋專賣店停止營業後，卓伯康家的冰店生意跟著好轉。另外，據說張旋和章均亞要合組二重唱，不曉得我有沒有機會看到他們的表演。還有，玉茹老師，真是抱歉，令弟十年前的失蹤案，我沒有權限進行調查。

老實說，我不滿意「科學怪探」的綽號，喜歡對稱一點都不怪，偏愛黑白又哪裡不好？對於我的人設，我無可挑剔，不過，我還是會好好珍惜班上同學對我的稱呼，畢竟這是第一次有人幫我取綽號。

・
・
・
・
・

我沒有心，是體內真的沒有一顆會跳動的心臟。如果有心，是不是就會做夢？如果做夢，六年一班的同學會出現在我夢中嗎？

隋雲，從你臉上的表情看來，我確定你生氣了……對不起，我並不偉大，我只是個……

希望再度甦醒時，我的記憶中依然有你……

專案「少年一」之代碼「黃宗一」結案。

AI四一〇即將進入休憩狀態……

……全案終……

謝謝你與我同行

翁裕庭

我喜歡旅行。

人生在世，總是處於大大小小的旅程中。到附近的公園走走是旅行，出國遊玩也是旅行。若無意外，每一趟旅程都是有頭有尾，可以按部就班跟著行程計劃走，也可以隨遇而安走到哪玩到哪。從出發點啟程，途中可能平淡無奇，抑或是高潮迭起，最後抵達目的地，卻也可能走偏了路、去了意想不到的地方，但終究是完成了一趟旅程。

有朋友說不喜歡旅行，只愛宅在家裡打電動。其實打電動和出門旅行有異曲同工之妙，啟動遊戲機，一邊前進一邊打怪，同時蒐集寶物且累積能量，最後過關斬將進入古堡打敗魔王，把絕世美女拯救出來，冒險的旅程結束！等一下，萬一中途掛了怎麼辦？沒關係，按下restart，重啟一段新旅程，而且還可以記取教訓，避開之前踩到的雷。

以此類推，閱讀也好比打開一扇門、開啟一趟旅程。從翻開第一頁起，你就跟著書中人物前進，亦步亦趨的尾隨他們的腳步，猶如貼身似的從他們的視野觀看每一道風景、經歷每一起事件、感受每一次情緒的波動，直到最終闔上書本為止。

閱讀如此，創作亦然。寫了第一個字，故事即將展開；寫下第一行字，第二行字隱然成形；寫完第一段章節，第二段儼然蓄勢待發。重點是不放棄，持之以恆的寫下去，就這樣寫完一章又一章，逐步來到最後一章大結局，劇終，旅程結束。

這是不是一趟值回票價的旅程？讀者心中自有定見。對創作者而言，在旅程中要付出時間和心力，時而碰壁受挫無以為繼（白話文就是寫不下去，或是腸枯思竭不曉得要寫什麼），時而迷路繞圈鬼打牆（白話文就是寫了半天不知所云，隔天統統刪除另起爐灶），甚至屢次陷入天人交戰的困境：究竟要往東走、還是向北行？哪一條路會比較好走？往哪邊走會柳暗花明又一村？

總而言之，既然付出了時間和心力，不管終點是何種風貌，必然是一趟有意義的旅程。在這段為期數年的寫作過程中，我一再轉換觀點揣摩眾多角色的心態，也多次更動人物的善惡設定（譬如青鳥和幕後大魔王的真面目，我曾經寫了幾個不同版本，其中一個版本的青鳥和犯罪主謀是同一人），效果到底好不好，就看讀者們的回應。唯一不變的人設是黃宗一和隋雲，他們倆的對決宛若科學偵探vs安樂椅神探，也像是理性與感性的抗衡，你們覺得最後勝出的人是誰？

到了旅程尾聲，藉此感謝許多指點迷津的恩人，首先當然是我的家人，在我思考故事橋段而陷入發呆狀態時，並沒有賞我巴掌試圖把我打醒；也要謝謝我的智囊團和顧問，為我解說一堆科普知識的疑點；最後要致謝幕後團隊的每位成員，精心畫上插圖的繪者步烏&米巡、為版面及畫面安排傷透腦筋的美術設計小瑷、洽談廣宣推薦與通路的行銷專員家綺，以及最最重要的總編輯雅茜，沒有你就不會有這套書的出版問世。由於你提出邀約，我只好硬著頭皮上陣，而且你放手讓我專心創作，背後的大小編務你幾乎一手全攬，連帶畫龍點睛的單元破案之鑰也通包了，我只能說謝謝你，請接受我最真摯的謝意。

旅程中若有人相伴，何樂而不為？作者一邊寫，讀者一邊看，各位讀者就如同我這趟旅程中的夥伴，謝謝你們與我同行。旅行結束就是要休息，期待下一趟旅程還會與各位相見。現在，我要和黃宗一一樣進入休憩狀態，放空充電去了……

步烏&米巡

結局的衝擊

小說結局出來嘍！
編輯的訊息
收到！
……
……
結局……

○○竟然是☆☆、△△最後怎麼會是這個樣子——!!
喜歡、好喜歡結局!!
請大家一定要從頭看過一次!!

結束時總是璀璨又感慨。很開心這套書有個完善的結局，黃宗一的身世揭曉真是讓人大吃一驚啊！很感謝作者翁裕庭老師創作了這麼有趣的內容，各項人事物的揭曉，讓人有種原來如此的暢快感。

我們也要大力感謝遠流編輯部的支援，在這段長跑中，美編小璦及總編輯雅茜不斷和我們開會溝通、醍醐灌頂各種科普知識、火眼金睛的挑出不協調處，我們才能不斷往前，沒有後顧之憂的創作。

最後，感謝一路陪著六年一班走過這段時光的讀者，你們的回饋感想是我們的動力來源，希望你們讀完後也喜歡這個故事並反覆閱讀。

少年一推理事件簿 6 科學怪探的祕密・下

作者／翁裕庭
繪者／步烏＆米巡
破案之鑰／陳雅茜

出版六部總編輯暨責任編輯／陳雅茜
美術主編暨版面設計／趙瓔
特約行銷企劃／張家綺

發行人／王榮文
出版發行／遠流出版事業股份有限公司
地址：臺北市中山北路一段 11 號 13 樓
電話：02-2571-0297　傳真：02-2571-0197　郵撥：0189456-1
遠流博識網：www.ylib.com　電子信箱：ylib@ylib.com
著作權顧問／蕭雄淋律師

ISBN ／ 978-957-32-9899-1
2023 年 1 月 1 日初版

定價・新臺幣 280 元

國家圖書館出版品預行編目 (CIP) 資料

少年一推理事件簿 . 6, 科學怪探的祕密 . 下 / 翁裕庭
作 ; 步烏＆米巡繪 . -- 初版 . -- 臺北市 : 遠流出版事業
股份有限公司 , 2023.01　面 ;　公分
ISBN 978-957-32-9899-1 (平裝)
863.59　111018240